정선을 가다

정선을 가다

초판 1쇄 발행 2020년 11월 20일

지은이 김서연

펴낸이 김제구
펴낸곳 리즈앤북
표지그림·디자인 김민주
인쇄·제본 한영문화사

출판등록 제2002-000447호
주소 04029 서울시 마포구 잔다리로 77 대창빌딩 402호
전화 02-332-4037
팩스 02-332-4031
이메일 ries0730@naver.com

값은 뒤표지에 있습니다.

ISBN 979-11-90741-03-3 03810

정선을 가다

김서연 지음

리즈앤북
ries & book

프롤로그

안개가 구름처럼 휘감기던 이른 아침에 길을 나섭니다.

비가 내렸던가요. 때 이른 눈이었던 것도 같습니다.

어디엔가 흩어졌던 기억들 하나둘… 차창에 매달리다 눈물져 흐릅니다.

언뜻언뜻 스치듯 다가왔다 뒤로 물러서는 옛 시간의 조각들 사이로

어떤 기억 하나 문득 다가와 웅크리고 앉습니다.

비 냄새가 났고, 마른 풀잎 냄새 같기도 합니다.

그리움에도 냄새가 있다면 이럴까요. 그럴 것 같습니다.

바람 냄새, 물 냄새, 별 냄새 같은….

지난 4년여 동안 정선을 넘나들었습니다.

정선의 길을 걷고 또 걸었습니다.

산과 계곡을, 골목과 고갯길을, 고원과 숲길을.

만항재에서 백복령까지, 나전에서 새비재까지,

아우라지 물결 따라 동강의 끝까지…

산은 산대로 골은 골대로 사람들의 삶을 품었듯
자연도 세월을 품고 저마다의 이야기를 간직하고 있었습니다.
이곳에서는 얼마든지 고독해도 좋고 얼마든지 외로워도 괜찮습니다.
고독한 만큼 외로운 그만큼의 위로가 항상 곁에 있으니까요.

사회적 거리 두기가 엄정한 시대의 소명처럼 여겨지는
어려운 시절입니다. 친구를 잠시 만나는 것조차 조심스럽고
함부로 외출하기도 신경이 쓰입니다. 그래서 더욱
어디선가 위로받으며 쉬고 싶은 마음이 간절해집니다.
그 간절함은 언젠가 한동안 머물렀다 잃어버린 시간으로 돌아가,
물빛처럼 빛나던 그때의 바람 앞에, 그 바람의 고향 같은
푸른 숲길 위에 다시 서고 싶게 합니다. 정선입니다.
원시의 산과 강과 숲이 지키는 곳, 바로 그곳이기 때문입니다.

안개가 걷히면 사라질 기억일까요. 아닐 겁니다.
지금 만나러 갑니다. 정선. 그 깊은 곳으로 여행을 합니다.
당신이 그립습니다.

차례

셋

백전리에서 물한리까지

넷

아우라지 물길 따라 동강 끝까지

하나

만항재에서 백복령까지

만항재, 그 아름다운 몽환

느닷없이 짙은 안개에 갇혔다. 아무런 낌새도 없이 숲을 가득 메워버린 안개 속에서 나는 길을 잃었다. 마치 기다렸다는 듯이 안개는 천천히 나를 감쌌다. 부드럽고 안온했다. 문득, 이런 순간이 아주 오랜만이란 생각마저 들었다. 언젠가는 와 봤던 것 같은 먼 기억 속의 '그 시간'이 마법처럼 눈앞에 펼쳐진 듯했다. 낮고 느리게 깊은숨을 쉬었다. 그러다 어느 순간 안개는 거짓말처럼 사라지고, 나는 꿈이 아닌 현실의 숲속에 서 있었다. 천상의 화원이었다. 마치 숲을 지키는 정령이 누군가를 위해 숨어서 마련해 놓은 것처럼, 금세 나뭇잎에 이슬이 맺히고 이슬마다 초롱초롱

한 세상이 가득 열렸다.

몽환적인 이 신비의 숲속에서 누구라도 정령이 된 착각에 빠져들겠다. 꽃들이 속삭이는 소리 들리고, 저희끼리 키득거리다 사람의 기척에 시침을 뚝 떼는 기색까지 전해오는 듯하다. 나뭇가지에 걸리는 바람 소리가 천상의 고운 빛으로 나를 이끈다. 하늘을 찌르듯 높이 치솟은 낙엽솔잎 사이로 쏟아지는 환한 빛이 빗살무늬를 그리며 풀잎에 내려앉는다. 초사흘 여린 달이 산머리에 들자 돋아나는 별들처럼 들꽃들이 풀숲 사이로 돋아나기 시작했다. 이 작은 꽃들에 하나하나 눈 맞추며 숲길을 걷는다. 햇살은 빛나고 그늘은 서늘했다. 때때로 고요가 도둑처럼 스며들고, 그 틈으로 살아 있는 모든 것이 온갖 향기를 뿜어냈다. 이 숲에서는 주변을 감싼 공기마저 모두 휴식이고 치유였다.

잃어버린 고향

이 몽환적인 숲에도 지나간 삶의 굽이마다 사연들이 묻혀있다. 아주 오랜 옛날에는 화전민들이 이쯤 어디선가 땅을 파고 옥수수와 감자를 심으며 가난한 한 생을 살았다. 지금은 차를 타고 단숨에 오를 수 있을 만큼 길이 잘 닦여 있지만, 옛날에는 지루하고 긴 길을 오르느라 애를 먹었다. 고한 사람들은 이 재를 넘어 멀리 춘양까지 소금을 사러 갔다 오곤 했다. 그 길이 얼마나 멀고 고됐던지, 출발할 때 지고 온 소금가마는 만

항재 고개를 넘어 고한에 도착하면 녹아서 반 가마도 채 남지 않았다.

옛사람들은 만항재를 느린재, 늦목재, 혹은 늦은목이재라 불렀다. 산줄기가 늘어져 가파르지 않고 느린 고갯길을 그렇게 불렀다. 이런 고개 이름 하나까지도 정선에서는 아리랑과 맞닿아 있다. 느리고 애절한 아라리의 가락은 힘겹고 고단한 삶의 애환을 굽이굽이 실타래처럼 펼쳐놓은 옛사람들의 얘기다. 조선 초기 고려를 못 잊은 충신들이 개풍군 광덕산 서쪽 기슭에서 두문불출하였는데, 그 일부가 정선 남면 두문동으로 옮겨와 이곳에서도 외부와 단절하고 살았다. 잃어버린 나라에 대한 아픈 사연과 슬픔을 안고 살던 사람들이 부르기 시작한 가락이 정선아리랑의 시원이다. 그들은 고향에 돌아갈 날을 기다리며 가장 높은 장소인 만항재에 올라 소원을 빌었다. 그때부터 이곳을 '망향'이라고 부르다가

훗날 '만항'으로 바뀐다. 잃어버린 고향, '망향'의 한이 켜켜이 쌓여 이름마저 바뀌었을까. 고향은 누구에게나 가슴 아린 그리움의 대상이 아니던가. 하물며 잃어버린 고향이라니!

기억의 고향, 내 여행의 끝

만항재는 언제나 내 여행의 끝이다. 어느 해 여름이 떠나갈 무렵, 친구와 나는 서해에서 남해로 돌아 동해까지, 거기서 백복령을 넘어 만항재로 왔다. 만항재엔 가을이 우리보다 먼저 도착해 있었다. 하늘은 눈부시게 푸르고 기온은 온화했다. 가을꽃들이 햇볕과 바람에 다투어 손을 흔들었다. 그리고 너는 생각에 잠겨 숲으로 난 오솔길을 혼자 걷고 있었지.

이별의 아픔과 회한에서 아직 못 벗어난 네 곁에서 나는 말 없이도 전해지는 진심이 있기만을 바랐다. 이 숲의 꽃들이 이 바람의 향기가 널 위로해 주기만을 빌면서, 그저 가만히 가을꽃들만 들여다보는 척했다. 얼마나 그러고 있었을까. 돌아보니 저만치 숲을 걷는 네 어깨 위에서 가을 햇살이 금빛으로 아른아른 너를 다독이고 있었다. 얼마나 다행이던지.

그 여행 이후 너는 눈에 띄게 밝아졌고 이전보다 훨씬 단단해졌다. 어쩌면 내가 이 숲에서 받았던 위로를 너도 받았을 거라 짐작했다. 나 역시 짙은 안개에 갇히던 날, 나는 그때 의외로 고립이 불안이 아니라 평온임을 알았다. 숲에서 마주쳤던 그 아름답고 안온했던 기억이 그 후로도 종종 지친 삶의 위로가 됐으니까.

숲을 한 바퀴 돌아 다시 천상의 화원으로 간다. 만항재 정상의 휴게소를 중심으로 앞쪽은 '하늘 숲 공원'이고 왼쪽 언덕 아래는 '천상의 화원'이다. 거기서 더 내려가면 '바람길 정원'이 있다. 바람길 정원. 함백산을 오르는 길목. 그 길에선 마음도 깃발처럼 바람에 펄럭일 것만 같다. 천상의 화원은 말 그대로 정말 하늘의 꽃밭이다. 야생화들이 기다린 것처럼 반긴다. 낙엽송과 소나무 사이로 뻗어 있는 길은 또 얼마나 꿈길 같은지. 그 한가운데로 나 있는 길을 따라 걷다 보면 풀과 꽃들이 향기를 풀어 환영 인사를 한다. 쭉쭉 뻗은 낙엽송 아래로 자그만 공원이 있고, 한가운데에 탁자와 벤치들이 놓여 있다. 낙엽송이 주인인 숲은 서늘한 품으로 객을 맞이한다.

숲 사이로 흐르는 길을 걷는다. 풀들의 향기는 달콤하고 발밑을 감싸는 흙은 구름처럼 부드럽다. 곳곳에 숨어있던 꽃들까지 고개를 내밀었다. 조금만 유심한 눈으로 보면 보이는 것들. 귀한 것들은 그렇게 그늘 속에 몸을 감추기 일쑤다. 꽃쥐손이, 벌깨덩굴, 광대수염, 미나리냉이, 줄딸기, 풀솜대, 졸방제비꽃…. 잠에서 깨었을 때 가장 먼저 검색했던 만항재의 야생화들이다. 만항의 야생화는 봄부터 가을까지 끊임없이 피어난다. 어쩌면 이렇게 하나같이 예쁠 수 있는지. 비슷해 보이면서도 각기 다른 꽃들이 밤하늘의 별들처럼 빛나고 있다. 벌과 나비들도 꽃가루를 묻히고 이 꽃 저 꽃을 유영하듯 오간다. 애당초 숲은 사람의 것이 아닌 것을. 가만가만 걷다가 벤치에 앉는다. 누군가는 이 벤치에 앉아 종이를 꺼내 편지를 쓰기도 했을 것이다. 가슴을 활짝 열어젖히고 바람이 전하는 말을 받아 적었을 것이다. 마음에 둔 누군가에게 여태 간직했던 진심이 가 닿기를 바라는 마음을 꾹꾹 눌러 써 내려갔을 것이다. 그 마음이 와 닿아 결국 내가 여기 있으니.

나는 이름도 다 알지 못하는 들꽃이 되었다가 나뭇잎에 맺힌 이슬이

되었다가 바람이 되었다가 구름이고 안개가 되었다가…. 벤치에 앉아 고요히 눈을 감고 상상의 날개를 편다. 이 화원에서 뛰놀던 해가 능선을 넘으면 산 그림자 깊은 골짜기 아래로 무겁게 내려앉고, 어디선가 계곡물 흐르는 소리 들린다. 밤이면 허공에 무수한 별들이 들꽃처럼 피어난다. 다시 아침이 오면, 간밤 꿈으로 영근 이슬들이 풀잎마다 나뭇잎마다 영롱하다.

숲이 열렸다. 어느새 안개는 자취도 없이 사라진 후였다. 못내 떠나지 못해 머뭇거리다 겨우 발길을 돌려 산을 내려오면서 자꾸만 뒤돌아본다. 안개가 은밀하게 숨겨뒀다 내보여준 들꽃들이 자꾸만 눈에 밟혔다. 만항마을에서 올려다보니 능선을 따라 풍력발전기들이 하늘을 향해 팔을 뻗고 있다. 무언가를 기다리는 간절한 기원 같아 내 마음도 살짝 보태 응원하고 돌아선다.

풀꽃을 꺾으며 넘던 고개

고원의 길을 걷는다. 습기를 품은 공기가 무겁다. 먼 산 능선에 걸린 비구름이 눈물을 억지로 참는 아이처럼 꾸럭꾸럭 몸을 뒤채는 모습이다. 산길 어느 중간에서 비를 맞게 되어도 피할 길은 없겠다. 비가 오면 맞으면 되지. 속으로 중얼거린다. 어쩔 수 없다면 비는 잊는 게 낫다. 나무와 꽃과 풀잎에 시선을 맞추며 옛이야기를 듣는다. 숲속 어딘가에서 물 흐르는 소리 들린다. 신기하기도 하지. 이 높은 산정에서 물 흐르는 소리라니. 소리만으로도 땀에 젖은 등을 식혀주는 바람결이 느껴진다. 수풀 사이로 기웃거린다. 문이 열리듯 숲이 열린다. 하늘이 드러나고 산이 평평

해진다. 정수장이었을까? 연못처럼 돌로 둑을 쌓아 만든 사각의 늪지에 키 낮은 관목과 풀들이 거칠게 자라난 틈에서 커다란 물줄기가 솟아나며 내는 소리였다. 여기도 사람들이 살았던 흔적이다.

이곳은 해발 1,426m인 백운산. 사북, 고한의 경계에 있는 산이다. '하얀 구름이 드리워진 산'이라는 뜻인 백운산의 유명한 고갯길이다. 나라 전체가 배고팠던 시절, 구름도 걸려 넘지 못한다던 백운산보다 더 높았던, 이른바 보릿고개를 넘기 위해 사람들은 산길에 무수하게 피어난 꽃을 꺾어 먹어야 했다. 그래서 꽃꺾기재, 화절령이라 불렸던 이 길은 석탄 활황기에 석탄을 운반하던 '운탄길'이 됐다. 그리고 이 길엔 1948년부터 2004년까지 정선의 88개 석탄광과 지하 막장에서 목숨 걸고 일했던 사람들의 땀과 눈물이 고스란히 스며들었다. 아이들은 이 길을 따라 학교를 오갔고, 석탄 트럭이 지날 때마다 검은 먼지가 자욱하게 날렸다. 바퀴가 열 개나 되는 지엠시 행렬을 만나면 아이들은 꼼짝없이 기다시피 해야 했을 것이다. 트럭은 하루 3교대로 캐낸 탄석을 함백역으로 실어 날랐다. 동쪽 만항재에서 올라와 정암산 백운산 두이봉 질운산 산허리를 거쳐 새비재에 이르러서야 고개 밑으로 트럭은 사라졌다. 맑은 날이면 탄재로 하늘과 땅은 새까맸고, 비가 오면 장화 없이는 다닐 수 없는 죽탄길이 되었다. 그렇게 탄광은 급속도로 산 아래로 파 내려갔고 생산량이 자꾸 늘어나자 산 밑으로 통하는 도로가 필요했다. 철길이 놓이고 38번 국도가 열렸다.

화절령의 야생화

정선은 어디를 가나 산은 높고 골짜기는 깊다. 그 산기슭마다 골짜기마다 둥지를 튼 사람들은 척박한 삶을 살았다. 거친 산길을 평지 삼아 오르고 넘으며 약초를 캐고 농사를 짓고 자식들을 낳고 키웠다. 가난했던 시절 옛사람들은 나물을 뜯으며 꽃잎을 따서 먹었고, 나무꾼들은 나무를 하다가 꽃을 꺾어 나뭇짐 위에 얹어가기도 했을 것이다. 땔나무를 하던 총각들은 여러 종류의 꽃을 먼저 꺾는 놀이를 하여 진 사람이 이긴 사람에게 나무를 한 단씩 주기도 했다. 꽃은 힘들고 무거운 마음에 빛이 됐고 희망이 됐다. 가난하고 척박했던 삶에도 봄철이면 화절령엔 희망처럼

진달래와 철쭉이 온 산에 만발했다. 배고픈 시절이었다. 사람들은 진달래꽃잎을 따먹으며 허기를 달랬다. 그 힘든 고갯길을 넘을 때 사람들은 꽃을 꺾으며 고단한 현실을 잊기도 했을 것이다. 오랜 세월 이 높은 산기슭 여기저기에서 화전을 부치거나 깊은 골짜기에 옹기종기 모여 살던 야생화 같은 사람들은 다 어디로 떠났는가. 상념에 잠긴다.

서두를 것 없이 다시 드문드문 세워진 이정표를 따라 고갯길을 오른다. 화절령에 올라 만항재 방향으로 걷는다. 비는 아직인데, 구름이 먼저 내려와 나무를 감싸고 숲을 덮는다. 나는 구름 속에서 기꺼이 길을 잃는다. 시간도 잊고 거리도 잊는다. 다리가 약간 지칠 때쯤 정자가 있고 안내판들이 있는 휴식처를 만났다. 거기였다. 해발 1,133m의 능선, 지하갱도의 함몰로 땅이 꺼지면서 생겼다는 '도롱이 연못'이 있는 곳이다. 주변으로 하늘을 향해 쭉쭉 뻗은 낙엽송들이 서로 키 재기하듯 늘어서서 물속에 제 몸을 담그고, 사이사이를 비집고 단풍나무 산벚나무들도 덩달아 하늘이 고스란히 잠긴 맑은 물에 제 모습을 비추고 있었다. 전해지는 말로는, 이 연못은 하루하루를 무사히 넘기기를 바라는 탄광촌 주민들의 간절한 기원이 모인 곳이기도 했다. 광부의 아내들은 이 연못에 사는 도롱뇽을 확인하는 것으로 마음을 놓았다고 한다. 또한 이 연못은 노루나 멧돼지 등 야생동물의 샘터이자, 새들이 깃드는 휴식처였다. 낙엽송 숲이 형성된 연못 주변은 제법 터가 넓어 산상의 정원처럼 아늑했다. 비가 자주 내리는 철이면 짙은 안개에 뒤덮여 신비로움을 더한다는데. 물기 머금은 초록 바닥에서 올라오는 풀냄새도 풋풋했다.

기억의 학교

올라올 때 보았던가. 올라올 때 못 보았다면 내려갈 때 반드시 찾아볼 일이다. 아, 거기였구나. 화절령으로 오르는 길목에 있었다던 운락초등학교가 있던 곳. 지금은 모두 사라지고, 아이들의 재잘거림이 가득했을 운동장에는 개망초만 하얗게 피어 바람에 하늘거렸지. 우거진 풀숲에 눈여겨보아야만 보이는 표지석 하나 웅크리고 앉아서, 1967년에 설립되었다가 폐광으로 인해 1991년에 폐교되고 철거되었다는 간략한 기록을 전했는데.

소년은 백운산 중턱에서 태어나 운락초등학교를 다녔다. 학교까지는 십리 길. 산허리를 타고 가는 먼 길이었지만 머루, 다래 따 먹고, 겨울이면 나무 스키와 비료 포대 썰매로 내리막길을 미끄러지는 재미로 유년 시절을 보냈을 것이다. 짝꿍을 떠올리며 단풍잎 주워 책갈피에 끼울 때는 공연히 볼이 붉어지기도 했겠지. 고원의 칼바람은 혹독했지만, 활활 타는 교실의 장작 난로와 친구를 생각하며 그 길을 내달렸을 것이다. 어떤 날은 무언가에 화가 나서 집으로 돌아오는 길가에 피어있는 들꽃들을 애꿎게 쥐어뜯기도 했을 것이다. 학교가 사라졌다. 유년의 추억은 이제 어느 책갈피에 흑백사진으로만 남아있을 것이다. 폐교의 아픔을 시인은 이렇게 쓴다.

누가 꽃꺾기재 하나뿐인 이 학교

유리창을 다 깨뜨리고 지나갔는가

교탁도 흑판도 다 가져갔는가

아침 바람만 이 교실 저 교실

창틀을 환희 넘나들며 사라지는

강원도 백운산 사북읍 사북6리

뻐꾹새만이 뻐꾹뻐꾹 남아 운다

고형렬 〈운락 초등학교〉

뻐꾹새 울음만 뻐꾹뻐꾹 바람에 떠도는 이곳에도 한때는 만화방도 있었고, 찐빵집도 있었다. 술집, 옷가게 등 사북에도 없는 가게들이 먼저 생겨날 정도로 많은 사람이 모여와 살았다. 산 위에 있던 학교가 옮겨올 무렵에 새로운 학교가 하나 더 생겼다. 학생 수가 많아졌기 때문이다. 운락초등학교가 두 개로 나뉘었다. 폐광은 그 학교들은 물론 번성했던 마을까지 한꺼번에 사라지게 했다. 그 시절 이 학교 운동장에서 동무들과 뛰어놀던 소년은 이제 머리 희끗희끗한 중년이 되었을 터다. 하얀 구름 같은 아이들이 구름의 낙원 같은 이곳에서 산과 숲을 운동장 삼아 뛰어다니는 모습을 상상하다가 고개를 젓는다. 아이들의 삶도 힘들었을 것이다. 하늘까지 닿을 것 같은 높은 고갯길, 오르는 길은 자꾸만 멀어지는 듯 힘들었을 것이다. 그때마다 길바닥에 주저앉아 산꼭대기를 넘는 구름을 부러워했을까. 그때도 들꽃은 지천으로 피어 있었을까. 그 꽃잎 뜯어 잎에 물고 배고픔을 달랬을까. 그 아이들이 오르고 내렸을 고갯길. 화절령 '꽃꺾기재'에는 지금도 꽃들은 이렇게 피어 향기를 품어내고 있는

데. 학교 건물은 사라진 지 오래고 운동장은 허리께로 자란 풀숲 아래 깊게 잠들었다. 하얗게 핀 개망초만 바람에 흔들려 온몸으로 반기는 세월이 공연히 슬프다. 그들이 잊히는 게 서럽다.

몰아치는 함성, 억새의 군무

민둥산 억새꽃

가을은 억새의 계절이다. 길을 걷다가 우연이라도 가을 햇살에 투명하게 빛나는 억새꽃을 만나게 되면, 마음은 어느새 바람에 술렁이는 억새꽃 무리 위를 나부낀다. 억새는 대개 바람이 거센 높은 산정의 분지나 오르기 힘든 산기슭 또는 논두렁이나 밭두렁 같은 척박한 땅에서 자란다. 억새는 향기도 없거니와 따로 떨어져 있으면 보잘 것도 없다. 그러나 크게 무리 지어 있을 때는 거센 파도와 같아서 주변의 풍경까지 지워버리는 강한 내공을 지녔다. 바람에 출렁이는 억새의 군무를 보다 보면 때로는 펄럭이는 깃발 같고 때로는 우우 휘몰아치는 함성 같다. 그제야 알 것 같다. 왜 억새를 민초들의 강인한 삶에다 비유했는지.

억새를 보러 간다. 정선의 민둥산이다. 민둥산은 국내에서 가장 아름다운 억새밭으로 손꼽힌다. 산정에 오르면 탁 트인 세상은 온통 은빛 물결이다. 탄성이 절로 난다. 파란 하늘 아래 끝없이 이어지는 능선을 따라 출렁이는 억새의 물결 속으로 빠져든다. 억새꽃의 부드러운 솜털이 바람결에 풀어진다. 석양이 질 때면 드넓은 억새밭은 금빛으로 변한다. 물결처럼 흐르는 주변의 산새와 어우러진 민둥산도 고요히 석양빛에 잠긴다.

민둥산 억새 군락지는 66만㎡의 광활한 면적에 펼쳐져 있다. 해마다 30만 명 이상이 찾는 민둥산 억새꽃은 10월부터 11월 초까지 절정을 맞는다. 민둥산이라는 이름은 정상 부근 능선이 나무가 없는 둥근 봉우리로 이뤄졌기 때문이다. 7부 능선까지는 관목과 잡목이 우거져 있지만,

해발 1,119m 정상 부근의 능선 일대는 온통 억새로 뒤덮여 있다. 산행은 발구덕마을까지 올라가서 마을 왼쪽으로 나 있는 등산로를 따라 오르면 된다. 등산로가 잘 정비되어 있고 경사도가 부드러워 초보자도 부담 없이 오를 수 있다. 그렇지만 편안한 산책길보다는 약간 난도가 있다. 산정까지 가려면 제법 땀이 솟고 숨이 차기도 한다.

가는 길에 만나게 되는 발구덕마을은 예전부터 민둥산에 기대 살던 마을이다. 주변에 우거진 소나무 잣나무와 함께 군락을 이룬 낙엽송은 여기가 옛 화전민들의 터전이었다고 넌지시 알려준다. 마을은 민둥산 8부 능선 기슭에 있다. 발구덕은 둥글게 움푹 꺼져 들어간 곳이라는 뜻의 순우리말이다. 이름처럼 마을엔 곳곳에 깔때기 모양의 구덩이가 많다. 커다란 구덩이는 윗구뎅이, 아랫구뎅이, 큰솔밭구뎅이, 능정구뎅이, 굴등구뎅이 등 8개가 있다고 하여 이곳을 팔구뎅이라고도 한다. 이곳의 구덩이는 전형적인 카르스트지형인 돌리네(doline)다. 민둥산 정상에서 북동쪽으로 바라보면 보이는 분화구처럼 생긴 지형도 바로 그것이다. 민둥산은 석회암으로 이뤄졌다. 석회암은 오랜 세월 빗물에 녹는다. 이로 인해 싱크홀이 생겨나고 땅이 점점 내려앉으며 구덩이가 된다.

민둥산은 화전민들의 삶의 터전이었다. 그들은 이곳에서 불을 내고 밭을 일구어 감자와 옥수수를 심었다. 봄이면 곤드레 딱주기 고사리를 뜯어 양식에 보태기도 했다.

한치 뒷산에 곤드레 딱주기 님의 맛만 같다면
올 같은 흉년에도 봄을 살아내지

한치 뒷산은 민둥산을 가리킨다. 한치는 남면 유평리에 있는 고개이며, 곤드레와 딱주기는 오래전부터 정선 사람들의 애환이 얽힌 산나물이다. 한치는 고갯길이 험해 땀을 흘리지 않고는 넘을 수 없는 '땀 고개'란 뜻이다. 예부터 한치 뒷산은 곤드레를 비롯해 갖가지 나물들이 지천으로 널려 있었다. 산나물은 척박한 산촌 주민들에게는 보릿고개를 연명하는 거의 유일한 먹거리였을 테다.

"그때는 불이 많이 나서 산에 나물이 많았지."

"불을 일부러 놓았나요?"

"그건 모르지만 그때는 불이 많이 났어요."

정선에서 만난 한 어른의 말이다. 불이 난 산에는 나물이 많이 난다고 했다. 나무 그늘이 없으니 나물이 잘 자랄 수 있는 환경이 만들어지기 때문일 터다. 나무가 없는 민둥산도 나물을 뜯어 먹기 위해 일부러 불을 놓았다고들 한다. 하지만 나물보다 억새가 자라기 더 좋은 환경이었던지 민둥산은 참억새의 군락지로 변했고, 해마다 가을이면 바람에 풀어헤친 억새의 물결로 장관을 이루는 명산이 되었다. 아무튼 깊은 숲에서는 나무끼리 부딪쳐 저절로 불이 나는 경우도 있다. 그 예전의 산은 땅이 없는 사람들의 터전이기도 했으니, 자연이나 하늘이 먹고 살기 힘든 사람들을 도와 불을 대신 내준 건 아니었을까, 생각하며 돌아선다.

가을이 깊어지면 금빛으로 물든 낙엽송은 짙푸른 소나무 잣나무와 더불어 산야를 더욱 아름답고 풍성하게 묘사한다. 그 가운데 안기듯 들어앉은 발구덕마을은 그림처럼 평화롭고 고요하다. 억새는 지반이 자꾸 내려앉으면서 마을을 떠나버린 옛사람들의 삶과도 밀접했던 것 같다. 하얀 꽃이 피었다 진 마른 억새는 자신의 몸을 불살라 가난한 이들을 따뜻하게 해주는 땔감이 되었고, 이엉처럼 지붕을 덮어 추운 겨울을 감싸주는 보호막이 되었을 테니. 그러니 어쩌면 지금도 석양이 억새밭을 황금빛으로 물들이다 점차 짙은 어둠 뒤로 사라지고 나면, 인적이 드문 마을은 일찍 잠자리에 들고, 민둥산 하늘에 하얗게 돋아난 별들이 억새꽃 위에 내려앉아 밤새 억새와 같은 꿈을 꿀지도 모른다.

메밀꽃을 보면 그대가 그립다

가을빛 같은 쓸쓸함이 너의 색깔이었지. 너를 생각하면 뒷모습밖에 떠오르지 않아. 올해도 이 골짜기 산책로엔 너의 자취처럼 수직의 벼랑을 안고 위태롭게 내려오던 덩굴식물들이 수줍게 단풍이 든다. 그리움일까, 기다림일까. 연보랏빛 구절초꽃 한 다발 암벽 틈에 걸린다. 또 한 번의 가을이 지나는 동안 추억은 그렇게 다시 적힌다.

정선의 자연은 도시인의 기억에는 존재하지도 않을 추억마저 떠올리게 한다. 어쩌면 인간의 원초적 고향을 간직하고 있다는 생각이 맞는

지도 모른다. 단임골이 그랬고, 항골이 그렇다. 임도를 따라 오르는 길은 수시로 모습을 바꾸며 다가선다. 어떤 모퉁이를 돌면 낙엽이 쌓인 호젓한 산책로가 되었다가, 어떤 모퉁이를 돌면 어머니가 살던 옛집이 나올 것만 같다. 그 집엔 지금도 늙으신 어머니 먼 동구 밖 내다보며 나를 기다리고 있을 것만 같아서 문득 가슴이 시큰해지기도 한다. 길은 그렇게 굽어지고 다시 이어지면서 깊어진다.

크고 깊어서 '한골'이라 했다던가, 한여름에도 뼈가 시리게 차가운 물이 흐른대서 한골이라 했다 했나. 세월이 쌓이면 이름도 의미의 옷을 나이테처럼 두르는가. 언제부턴가 '한골'을 '항골'로 불리게 됐다는 계곡 길을 들어서니 가을빛이 먼저 앞장을 선다. 뜻도 없이 언젠가 이 길을 걸었던 듯한 기시감이 슬며시 다가와 손을 잡는다.

예전엔 나전에서 진부까지 이 계곡을 거쳐 단임을 지나 진부로 왕래했다고 한다. 그러나 지금은 옛길의 흔적은 찾을 수 없고, 다만 임도를 따라 단임으로 통하는 길은 있는 것 같다. 항골 계곡은 백석봉과 상원산 깊은 골짜기를 흘러내려 온 깨끗한 물이 기암괴석에 어우러져 속살을 드러내며 흐른다. 계곡 길은 20km가 넘는다고 했다. 길을 찾아 올라가도 그 끝을 찾아내기 어려울 만큼 크고 깊다. 그만큼 옛사람들의 삶도 힘들고 고단했다는 뜻일 테다.

하지만 계곡의 초입은 마을과 인접해 있어 가볍게 산책하기에도 좋은 곳이다. 초입에 들어서면 만나게 되는 아담한 캠핑장은 마을 사람들밖에 모르는 작은 공원 같은 느낌을 준다. 진입로 주변에는 테일러스 경관지에서 흘러내린 돌을 이용해 쌓아 올린 수많은 돌탑과 소망을 담은 항아리들을 만나게 된다. 1990년대 나전광업소가 끝내 문을 닫으면서 마을이 쇠락하자 주민들은 돌탑을 쌓아 마을의 번영을 기원했다. 그들의 바람이 마음에서 마음으로 전해졌을까. 알음알음 찾아온 외지인들까지 동참하여 돌탑을 쌓아 올렸다. 탑은 계곡 바위 위에도, 숲길 곳곳에도 여기저기 사방에 숨어있다. 사람들이 올 때마다 돌탑의 수는 계속 늘고 있다. 어디에 숨어 키를 키우고 있는지 한번 찾아보는 것도 묘미가 있을 것 같다.

야영장 쪽으로 발길을 돌린다. 공원 위쪽에는 자그맣게 재현해 놓은 물레방아가 있고, 그 옆 개울을 사이에 두고 놓인 다리 건너에는 메밀꽃

이 하얗게 피어있다. 엊그제 지나간 가을 태풍의 여운으로 약간 흐트러진 모습으로 젖어있으나 별 피해는 없어 보였다. 아마 대대로 물려받은 질긴 DNA에 기대어 잘 견뎌낸 모양이다.

메밀의 고향은 중앙아시아 고원 어디쯤이었다는 얘기를 들은 적이 있다. 척박하고 메마른 땅에서도 강인한 생명력으로 대를 이어가던 메밀이, 언제 이 땅에 와서 뿌리를 내리고 사람들의 삶의 애환을 함께 해왔는지는 모른다. 하지만 메밀도 감자처럼 수없이 모습을 달리하며 존재를 알려왔다는 것, 옛날엔 가난과 배고픔의 상징이었지만 지금은 메밀이 품고 있는 가치를 사람들이 알게 되었다는 것, 그리고 개인적으로 메밀밥의 아릿한 추억이 있다는 것, 그것만으로도 충분하다는 것은 안다.

메밀의 아릿한 추억

러시아 유학 초기였다. 낯선 환경에 떨어졌을 때 제일 걱정이 되는 건 잠잘 곳과 끼니를 해결하는 일이다. 잘 곳은 기숙사로 이미 정해졌으니 먹는 일만 남았다. 처음엔 조리가 필요 없는 빵과 과일 등으로 생활했다. 입맛이 까다롭지 않으니 별문제는 없었다. 그러나 한 달쯤 지날 무렵부터 그런 식사가 지겨워지기 시작했다. 밥을 먹고 싶었다. 밥에 된장국이 그리웠다. 아니다. 어쩌면 밥이나 된장국이 그리웠다기보다 외로움이 더 컸는지도 모른다. 낯선 문화와 낯선 언어에 묻혀 살아야 하는 긴장과 부담에서 오는 외로움. 아무튼 빵이나 우유는 학교 주변 작은 상점에서

구하면 됐지만, 밥을 먹기 위해서는 따로 재료를 사러 가야 했다. 큰맘 먹고 처음으로 버스를 타고 큰 마트를 찾아갔다.

처음엔 그게 메밀쌀이었는지 몰랐다. 판매대에 가득한 수백 가지의 곡물들. 250g에서 1kg까지 단계별로 소포장 돼 쌓여있는 곡식들 중에서 내가 먹을 수 있는 게 무엇인지 가려낼 수가 없었다. 그 많은 곡식의 이름이 무엇인지 거의 몰랐기 때문이다. 가뜩이나 낯선데 포장지에 박혀있는 끼릴 문자의 난해한 필체를 읽어내기엔 아직은 턱없이 부족했다. 콩이나 팥은 모양으로 알겠는데 조리하는 방법을 몰랐고, 안다고 해도 그것이 주식이 될 수는 없었다. 긴 판매대 앞에서 얼마나 서성거렸던지.

배가 고팠다. 그때 퍼뜩 든 생각은 가장 많이 진열돼 있고 비교적 저렴한 걸 고른다면 설령 후회한다 해도 덜 손해일 것 같았다.

나름대로 정한 기준에 맞는 것을 골라 들었다. 수수쌀 빛깔이 살짝 도는 모가 진 쌀. 그런데 브랜드가 여러 가지라 가격도 다양했다. 한참 망설이다 중간 정도의 가격대에 비교적 세련된 포장지에 들어 있는 것을 선택했다. 감자도 몇 알 검은 비닐봉지에 담았다. 러시아에서 주식은 감자다. 그곳에서 감자는 지천이고 가격도 가장 저렴하다. 게다가 우리네 감자보다 훨씬 맛있다.

숙소로 돌아오자마자 사전부터 펼쳤다. 그때 알았다. 그게 메밀쌀이라는 걸. 그때까지 나는 메밀쌀을 본 적이 없었다. 메밀쌀로 밥을 해 먹었다는 말도 듣지 못했다. 메밀 음식은 냉면 막국수 메밀묵 메밀전이나 전병이 전부였다. 그것도 완성된 음식만 먹어봤을 뿐 메밀가루조차 본 기억이 없었다. 어떻게 할지 몰라 일단 흰쌀로 밥을 짓듯 씻어 전기밥솥에 앉히고 감자를 한 알 깎아 네 등분하여 위에 얹었다. 그리고 스위치를 눌렀다. 밥이 익기 시작했다. 아, 그 냄새. 어떻게 표현해야 할까. 감자의 뽀얀 냄새와 섞이며 피어오르던, 팥 향이 살짝 도는 따뜻하고 구수한 메밀의 향. 눈물이 핑 돌았다.

메밀은 정선의 콧등치기국수 주재료이기도 하다. 지금은 건강식이라고 찾아다니며 먹지만 예전에는 기근이 심할 때 먹던 구황작물이었다. 그런 이유로도 땅이 없어 산으로 들어가 화전을 일구며 근근이 살아야 했던 옛사람들에게 메밀은 없어서는 안 될 식량이었다. 그렇게 생사고락을 함께했던 메밀이었기에 소설 속 달밤과 메밀꽃의 사연이 아니더라도 언제 어디서 만나도 반가운 꽃이다. 더구나 이렇듯 하얗게 손 흔드는 메밀꽃을 만나면, 여행길 어느 모퉁이를 돌다 우연히 마주친 그리움처럼 마음이 뭉클해진다.

추억을 하나하나 소환하며 계곡 길을 산책하는 동안 어느새 산 그림자가 골 아래까지 깊게 내려와 눕는다. 돌아갈 때가 되었다고 등을 떠미는 것 같다. 조금 서운했나. 머뭇거리는 미련에 바람이 괜찮다고 어루만진다. 그래, 다시 또 오면 되지. 언제라도 '다시 오고 싶은 곳'에 밑줄을 긋는다.

우울한 날은 꽃베루재를 넘는다

비탈 콩밭에 산 그림자 빠르게 내려앉는 가을 저녁, 마른 나뭇잎 타는 냄새에 이끌려 불현듯 하룻밤 묵어가고 싶었다. 그곳의 오후 5시는 도시의 밤보다 더 어둡고 고요했다. 산중의 해 역시 그전에 서둘러 넘어가 버린다. 그래서 무엇을 하려고가 아니라 안 하려고 오기에 좋을 것 같았다. 저마다 주어진 시간과 감상에 성실하다면 긴 밤을 지루하지 않을 만큼 인내와 상상력을 동원할 수 있겠다. 가령 어느 지역을 또는 장소를 채 알기도 전에 소멸과 퇴락부터 쉽게 말하던 사람들의 특성을 별이 반짝이는 속도에 맞춰 하나씩 둘씩 헤아려보는 것도 좋고, 다시 해가 뜨고 드문

드문 사람들의 발소리가 들려올 때까지의 길고 긴 시간 속에 온전히 자신을 내려놓아도 좋을 것 같았다.

깊은 그 가을이 쓸쓸하지 않을 것 같아서 산길 가파른 중턱에서 한참을 머뭇거렸던가. 날이 저물었으니 감히 청해도 허락해 줄 것만 같아서. 잠깐 이런 생각도 했던 것 같다. 저 고개만 넘으면 따뜻한 잠자리가 있을까, 따뜻한 메밀국수 한 그릇 저녁 끼니로 때울 수 있을까, 그렇게 망설이다 다 지난 얘기가 되고 말았다.

꽃베루재는 나전에서 여랑까지 이어지는 25리길 산허리를 굽이굽이 돌아가는 벼랑길이다. '꽃이 피는 벼랑'이라는 뜻으로 불리게 되었다지만 실은 가파르고 툭툭 불거져 나왔다는 뜻의 '곧'과 '곶'이 합한 발음으로 '꽃'이 되었단다. 아무튼 지금도 승용차 한 대 겨우 지날 만큼 좁은 길인데, 42번 국도가 생기기 전까지는 제천과 강릉을 오가던 버스가 이 길로 다녔다. 버스는 정선에서 승객을 태우고 조양강을 배로 건넌 다음 꽃베루재를 넘고 임계를 거쳐 강릉을 오고 갔다.

혼자서 옛길을 걸을 때면 으레 찾아오는 옛 기억들, 위로가 되고 동무가 되어 호젓한 시간을 함께 건너 주는 유일한 동반이다. 우울한 날은 혼자 콧등치기국수를 먹으러 간다고 정선에 와서 알게 된 그녀는 말했다. 비 오는 날이나 외로운 날, 혹은 세상에 내 편이 아무도 없는 것 같아 우울과 외로움이 한꺼번에 왈칵 밀려드는 날은 차를 몰고 휑하니 꽃베루재를 넘는다고 했다.

도시에서 나고 자란 그녀에게 정선은 고립 그 자체였을 것이다. 시댁이 정선이고 그런 이유로 직장도 정선이니 아무래도 출입이 쉽지 않은 바깥(외지) 공기가 무척이나 그리웠을 것이다. 20년이 다 되도록 이곳에서 직장생활을 하면서도 한쪽 발은 언제나 저 높은 산 너머 도회지에 두고 살았다고 했다. 그런데 요즘 들어 어쩌면 여기서 더 오래 살지도 모르겠다는 생각이 든다면서 그녀는 체념인지 안도인지 모를 쓸쓸한 미소를 지었다.

정선에서 혼자일 때 찾아가는 아름다운 길이 몇 개 있다고 했다. 남평에서 여량으로 넘어가는 꽃베루재와 문곡의 조양강변길 그리고 구절리

에서 왕산 가는 길과 화암 절벽 길이 그것이다. 특히 꽃베루재는 슬프거나 외로울 때 넘으면 위안받기 딱 좋은 길이다. 옛사람들의 힘들고 고달팠던 삶의 굽이마다 부르던 아리랑고갯길과도 같은 길이다.

음식도 이와 같지 않을까. 울퉁불퉁 거칠고 힘든 고비마다 함께 넘었던 보릿고개처럼, 혹은 다시는 보기 싫고 떠올리기 싫을 것 같아도 추억처럼 그립고 다시 먹고 싶어지는 옛날의 음식처럼, 시간을 멈추고 마주대하는 추억의 맛. 콧등이 시큰하도록 진하고 뜨거운 국물을 후룩 들이켜면 응어리진 속이 확 풀어지는 기분이 된다고 한다. 이러한 토속음식의 매력 또한 정선을 다시 찾는 까닭이 아닐까.

그녀가 찾아가는 단골집은 따로 있다. 혼자 가도 편하게 맞아주는 콧

등치기국수 집. 주인은 웃는 얼굴로 요란하지도 수다스럽지도 않게 "왔어요?" 하면 그뿐. 복닥거리며 달려온 마음은 미닫이문을 여는 순간 기다렸다는 듯 달려 나온 메밀국수의 구수한 맛에 안도한다. 소설가 박완서는 메밀국수의 맛을 '화해와 위안의 맛'이라고 했던가. 까닭 없이 위로받고 싶어질 때 한 그릇 먹고 나면 뱃속뿐 아니라 마음속까지 따뜻해지면서 좀 전의 고적감은 눈 녹듯이 사라지곤 했다고.

아질아질 꽃베루 지루하다 성마령
지옥 같은 이 정선을 누굴 따라 나 여기 왔나

정선아리랑 노랫말처럼 꼬불꼬불 돌아가는 꽃베루재 길은 지금도 아찔하지만 결코 지루하지는 않다. 산길이라도 막힌 느낌은 전혀 들지 않는다. 한쪽은 가파른 벼랑이지만 다른 한쪽은 시야가 탁 트여 있어서, 비닐하우스들이 하얗게 차지하고 벼가 누렇게 익어가는 논들이 넓게 펼쳐진 장렬 마을과 골을 따라 휘돌아 흘러가는 조양강이 한눈에 훤히 내려다보인다. 봄, 여름, 가을 계절마다 색을 달리하여 피는 꽃들이 반기듯 손을 흔들며 우울한 마음을 어루만져 위로한다. 특히 가을날 바람이 불면 황금빛 꽃가루가 환상처럼 날리고 비가 내리면 길 위에 내려앉아 금빛 길을 만든다. 여백이다. 혼자라야 보이는 것들이다. 고요한 응시에만 반응하는 것들이기 때문이다. 일부러라도 시간을 만들어 찾아가 볼 일이다. 반드시 혼자서.

물과 기암과 초목이 만든 비경

아홉 가지 절경

구미정을 생각했다. 쌓인 눈 속에서 마치 겨울잠이라도 자는 듯 고즈넉했던 정자의 모습이 겨울이 되면 선하여 그때의 상념이 되살아나곤 했다. 겨울이 오면, 이제 거기도 흰 눈이 내리겠다. 얼음 얼어 긴 겨울을 준비하겠다. 시간을 거슬러 꽝꽝하게 얼어있던 옛 시간을 한 조각 캐내어 군불에 녹이면 이 겨울 건널 양식 한 줌 얻을 수 있겠다 싶었다. 그러다 문득 겨울은 아직 멀리 있는데도 길을 나섰다.

산을 안고 돌며 弓자로 휘어지는 물길을 따라 구미정 길로 들어섰다. 비가 내렸다. 안개가 계곡을 넘나들고, 좌우로 끝없이 이어지는 선경은 반천리 구미정에서 절정을 이룬다. 맑은 물과 기암과 울울창창한 소나무숲이 어우러진 풍경 한가운데, 너른 암반이 펼쳐지고 그 위에 정자 하나 다소곳이 들어앉았다.

조선 숙종 때 공조참의를 지낸 수고당 이자 선생이 정선에 낙향해 머물며 세운 정자다. 구미정이란 이름은 정자 주변에 아홉 가지 절경이 있다고 해서 붙여진 것이다.

정자의 현판에 새겨진 구미(아홉 가지 아름다운 풍경)의 하나는 떨어지는 물길을 거슬러 물고기가 뛰어오를 때 통발을 놓아 잡는 경치 '어량', 둘째는 주변의 밭들의 아름다운 풍경 '전주', 셋째는 하천의 넓고 편편한 암반 '반석', 넷째는 층층으로 이뤄진 절벽 '층대'다. 그리고 다섯째는…

굳이 이렇게 하나하나를 꿸 필요도 없겠다. 전체가 하나로 완성된 풍경만 감상하는 것으로도 충분하다. 완벽한 풍경이란 그런 것 아니겠나. 그림에 구색을 갖추려고 사람을 세워놓지 않아도 되는 것. 다 부질없는 일이다. 이곳에선 사계절 어느 때라도 그 자체로 완벽한 풍경이 된다. 계곡물은 언제나 맑은 소리를 내며 흐르고, 비가 내리는 날도, 구름이 계곡을 덮은 날도, 단풍이 물들면 더욱 그대로 신선이 머무는 선경이 된다. 깊이 쌓인 눈 위에 산새들조차 발자국을 남기지 않는 정자 주변의 고요한 겨울 경관 앞에서는 더 말이 필요 없어진다. 구미정이라서 가능한 풍경이기 전에 정선이라서 가능한 풍경일 테다.

이자 선생은 거처하던 곳의 마당 앞에 자신의 호를 따 수고당을 지었다. 그곳에서 문집 등을 편찬하고, 한가로울 때는 구미정에 나와 한시를 지어 읊으며 당쟁의 시끄러움을 잊은 채 시대의 갈피를 고요하게 넘겼을 것이다. 잠시 옛 시간을 들여다보고 싶었다. 구름이 내려앉은 구미정을 뒤로하고 수고당으로 향했다. 수고당은 구미정에서 물길을 따라 임계 방향으로 약 6km 거리에 있었다.

옛 영화의 쓸쓸함

야트막한 언덕에 있는 고택 수고당은 먼발치에선 보이지 않았다. 더구나 오래된 숲으로 둘러싸여 있어 위치를 알아도 조금만 주의를 놓치면 그냥 지나치기 일쑤였다. 수고당은 문화재로 등록되었으나 그 후손이 살고 있는 사적인 공간이라서, 함부로 기웃거리기에도 불편했다. 아무도 살지 않는 집처럼 안쪽은 고요했다. 담장 밖에서 서성이며 안내판에 기록된 내력을 살폈다. 지은 연대는 정확히 알지 못하며, 조선 숙종 재위 때 이조판서를 지낸 이자라는 사람이 관직을 내려놓고 고향으로 돌아와 지은 집이라는 것. 그리고 조부인 택당 이식과 선친 외재 이단하의 문집을 정리하며 지내기 위해 집을 짓고 자신의 호를 따서 수고당이라 이름을 붙였다는 게 전부였다.

이자 선생은 정쟁을 피해 고향으로 내려왔다고 했다. 유추해 보건대, 정쟁은 기사사화를 말하며, 1689년(숙종 15년)에 숙종의 희빈 장씨 소생의 아들을 원자로 삼으려 하자 이에 반대했다가 희빈의 소생을 지지한 남인에 의해 화를 입은 인물들이 대거 숙청당한 사건이다. 이때 상신이며 서인이었던 아버지 이단하가 정쟁에 휘말리자 조부 택당공과 외재공의 많은 문헌과 유품을 안전하게 보존하기 위해 1692년 이곳에 낙향하여 석실을 겸한 별채를 짓는다.

고택의 안채와 사랑채가 네모 형으로 배치되었고, 동남향을 하고 있다. 안채는 영동지방에서 흔히 볼 수 있는 겹집 형에, 대청과 건넌방이 있다. 건넌방에는 현주인의 어머니가, 사잇방은 할머니가, 안방은 증조할머니가 기거했다. 큰방은 가족의 공동공간이었으며 뒷방은 여인네들이 음식을 장만하는 곳으로 사용되었다. 대청에는 모두 문을 달았고, 건넌방과 대청, 안방 부분에도 툇마루를 달아 외부와 연결했다. 현재 큰방은 네 짝 장지문에 의해 두 칸으로 나누어져 있는데, 이것은 60년 전 새로 만든 것이며, 안채는 90년 전 크게 중수했다고 한다.

사랑채는 큰사랑, 작은사랑, 대청과 머슴방으로 이뤄졌다. 큰사랑은 증조할아버지, 작은사랑은 할아버지가 기거했다. 사랑채의 대청에도 문을 달아 낮에는 장지문을 열어 놓고 밤에는 문을 닫고 잠을 자면서 방의 보온과 낮 동안의 개인적인 생활공간을 확보한 것 같다. 사랑채 서쪽에는 별채인 수고당이 있으며, 수고당에는 중요민속자료 제4호인 외재 이단하 내외분의 옷과 각종 시문 초고, 교지 및 전적과 편지, 서화가 보존되어 있다.

이 정도면 당시의 대가댁 살림살이를 엿볼 수 있겠다. 안채와 사랑채가 툇마루로 연결됐다는 것은 수시로 음식상을 차려내기 쉽게 했을 것이며, 안채의 뒷방을 여인들이 음식을 장만하는 곳으로 따로 사용했다는 것도 옛날 서민들의 생활에선 쉽지 않은 풍습이었을 테다. 음식은 한 집안 살림의 빈과 부를 가늠할 수 있는 그릇이 이었을 테니. 많은 식솔을 거느린 이만한 집안이라면 드나드는 손들도 많지 않았을까. 그러나 지금의 주변은 쓸쓸하기만 했다.

옛 영화도 긴 세월에 무너져버린 듯 적막이 찬비로 내렸다. 어느 한 시대엔 많은 식객을 들이고 먹였을 장독들은 그 소용을 다 한 듯 담 밖으로 내쳐진 채 속절없고, 오랜 세월 손길이 제대로 닿지 않아 삭고 찢어진 세살문과 툇마루엔 길 잃은 바람만 서걱거렸다. 바람처럼 갈 길을 잃어버린 길손은 차마 기척을 할 수 없어 그저 가만히 빗물 듣는 처마 밑을 서성이다 돌아서는 저녁녘. 쓸쓸한 마음에 어스름이 깔렸다.

‘그러니 그대 사라지지 말아라’

단풍이 물들 무렵 찬비가 자주 내렸다. 비는 대개 우울을 안고 온다. 그럴 때의 우울은 전염력도 강해서 누군가 외롭고 아프면 절로 나도 혼자 우울을 앓는다. 오직 나 혼자 외롭고 아픈 것처럼 절로 아프고 슬프다. 문득 떠나고 싶어지면 대개 그런 연유에서일 터이다. 백두대간 수목원에서 홀로 애처롭던 해당화가 마음에 선하다. 어쩌자고 너는 그 산중에 있어야 했을까. 태생적으로 어느 한적한 바닷가나 강가였으면 좋았을 텐데. 동무들 모두 진 자리에 꽃잎보다 더 빨간 열매 알알이 매달고 차가운 빗물에 얼굴을 묻는데, 유독 너만 홀로 누굴 기다려 그 차가운 빗물에도 아랑곳없이 먼 길을 내다보고 있었을까.

일상이 고단해지면 어딘가 그리운 곳으로 떠나고 싶어진다. 그리움이란 그런 것 아니겠나. 현재 나를 붙들고 있는 모든 것이 짐이 될 때, 하루하루 해결해야만 하는 일들이나 실타래처럼 엉켜있는 주변과의 관계로 지친 마음이 잠시라도 쉬고 싶은 간절함 같은 것. 그 간절함은 언젠가 한순간 머물렀다 잃어버린 시간으로 돌아가, 물빛처럼 빛나던 그때의 바람 앞에, 그 바람의 고향 같은 푸른 숲길 위에 다시 서고 싶게 한다. 정선이다. 정선이 품은 원시의 산과 강과 숲이 바로 그곳이다. 그래서 더욱 정선은 구석구석 어디에다 나를 두어도 위로가 되고, 쉼이 되고, 치유가 된다.

백두대간수목원과 카르스트 지대. 그랬다. 수목원에서 백복령 카르스트 지대가 멀지 않았다. 어느 이른 봄, 취재차 처음으로 백복령을 찾아가던 길이었다. 바람은 강했고 얼어붙을 듯 추운 날이었다. 아직 녹지 않은 눈을 하얗게 덮은 민가의 지붕 위로 연기가 피어올랐다. 그 풍경이 얼마나 포근하고 따뜻해 보이던지. 아프게 춥고 외롭던 기억이다.

어떤 이는 백복령의 바람엔 한 맺힌 소리가 들린다고 했다. 흐느끼는 듯 웅웅 깊은 시름을 앓는 소리. '백복-흰'백' 엎드릴'복'. 흰옷을 입고 엎드린 이 누굴까. '군대'나 '가목'처럼 누군가 목숨 바쳐 지켜내야 했던 고지였을까. 어느 왕조에 충절을 맹세하고 외롭게 유배되었다 죽어간 신

하의 혼이었을까. 구구절절한 이야기들이 전해진다는데, 근거는 없고 전설만 바람에 불어오고 불어간다.

이후로 계절마다 백두대간을 찾게 된다. 고단한 날은 가까운 카르스트 지대의 숲에 들어도 좋다. 사람들의 발길에 의해 자연히 만들어진 탐방로를 따라 천천히 산책해도 좋고, 나무에 가만히 기대어 눈감으면 솔잎에 스치는 바람소리 소나기처럼 쏟아진다. 백복령의 물과 바람은 마치 첫사랑과 같은 느낌이다. 깨끗하고 순수하거니와 때로는 강하게 휘몰아치는 열정적 감정을 동반하는 첫사랑 같은 것. 백복령의 물과 바람에 그 첫사랑의 느낌을 얹는다. 숲과 자연 속에서의 나날들, 청량한 공기와 카르스트에 자생하는 야생화 같은 하루하루가 그 자체로 곧 치유이

고 여행이다.

수많은 돌리네를 형성하고, 천연기념물 440호로 지정된 백복령 카르스트 지대엔 계절마다 희귀종의 야생화들이 군락을 이루어 피어난다. 봄이면 눈 속에서 가장 먼저 피어나는 멸종 위기 2급 종인 한계령풀과 노랑무늬붓꽃, 얼레지, 노루귀, 복수초, 홀아비바람꽃을 비롯하여 동의나물, 피나물, 은방울꽃, 철쭉, 털진달래, 찔레꽃. 여름에는 솔나리와 엉겅퀴, 산비장이, 털중나리, 동자꽃, 잔대, 초롱꽃, 도라지, 미역취, 마타리, 고려엉겅퀴, 매발톱꽃. 그리고 가을에는 까실쑥부쟁이, 개미취, 구절초, 투구꽃, 향유 등등… 이 얼마나 귀하고 아름다운지.

백두대간 수목원과 백복령의 겨울은 또 어떤가. 하늘이 새파랗게 푸른 날은 검푸르게 보이는 산맥과 동해의 푸른 바다가 한눈에 어우러지고, 능선마다 하얀 눈꽃 세상이 눈이 시리게 펼쳐진다. 안개가 가득한 날은 백복령의 주변은 몽환의 숲이 된다. 밤새 기온이 내려가면 습기를 머금은 안개가 나뭇가지에 내려앉아 꿈을 꾸듯 서리꽃을 피워낸다. 환상

이다. 낙엽송과 무성한 잡목이 뒤섞인 숲에서 잎도 꽃도 없는 겨울나무들에 내려앉은 눈들이 때때로 불어오는 바람에 흔들려 흩어지곤 한다. 때로는 꽃잎처럼 분분히 흩날리고, 때로는 눈보라를 일으키며. 그렇게 겨울 숲은 발걸음을 멈추게 하고 탄성을 자아낸다.

'그러니 그대 사라지지 말아라'

그래서 세상에는 시인이 존재하는지도 모른다. 한탄이나 탄성으로밖에 표현하지 못할 심중의 깊은 이야기마저도 그들의 노래로 대신할 수 있으니.

사랑하는 사람아

우리에게 겨울이 없다면

무엇으로 따뜻한 포옹이 가능하겠느냐

무엇으로 우리 서로 깊어질 수 있겠느냐

이 추운 떨림이 없다면

꽃은 무엇으로 피어나고

무슨 기운으로 향기를 낼 수 있겠느냐

나 언 눈 뜨고 그대를 기다릴 수 있겠느냐

박노해 〈겨울 사랑〉 중에서

가장 아름다운 날은 친구를 불러도 좋겠다. 굳이 이유가 없어도 좋고, 무슨 핑계를 대도 좋다. 그냥 눈이 내려서, 바람이 불어서, 또는 바람이 불지 않아서, 봄볕이 고와서, 나뭇잎이 돋아서, 꽃이 피어서, 단풍이 물들어서….

그런 날은 정선의 메밀국수, 전병, 감자전, 안주 놓고 벗과 마주 앉아 막걸릿잔이라도 기울이면, 세상 아무것도 부럽지 않겠다. 가릴 것도, 보탤 것도, 뺄 것도 없이, 있는 그대로의 모습으로 충분히 위로되는 벗이 있으니. 이만하면 때때로 부대끼는 삶일지라도 '사는 게 다 그런 거지' 말해도 되지 않겠나.

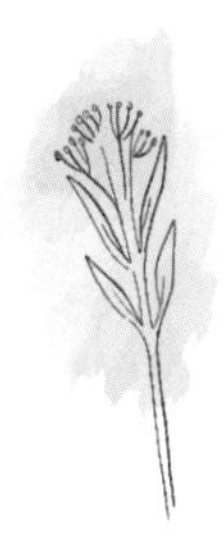

둘

나전에서 새비재까지

로미지안가든의 풍경소리

단풍이 곱게 물들었다. 침엽수림에서 흘러나온 피톤치드 향내가 공기에 가득 배어 있다가 안개비처럼 쏟아진다. 이렇게 아름다운 단풍 숲을 나만 지금껏 모르고 살았나, 숲길로 들어서기도 전에 안타깝고 조바심이 난다. 채 몇 미터 걷지도 않아 숨이 차오른다. 보이지 않는 거부의 벽이 막아서기라도 하는 것 같다. 그제야 아차, 싶었다. 자연이든 사람이든 저마다 지닌 고유의 정서가 있는 법인데, 너무 앞선 마음에 '그들'의 환경을 가급적 침해하지 말아야 한다는 걸 깜빡 잊었다.

로미지안 가든. 정선에, 그것도 국내 최고의 원시림의 보고인 가리왕산에 그런 이색적인 이름의 사설 정원이 있다는 말을 처음 들었을 때, 반신반의했다. 어떤 곳일까 궁금했고, 약간은 걱정도 했다. 우선은 변화에 대한 두려움 같은 거였고, 그다음은 괜찮을까 하는 우려였다. 고백하건대, 정선과 진부를 잇는 굽이졌던 옛길이 동계올림픽을 계기로 곧은 길로 변화할 때 나는 진심으로 안타까웠다. 편리와 실리를 살피자면 훨씬 더 나은 환경이 되리라는 걸 잘 알았어도 그만큼 잃어버리는 것 또한 많을 것이라서 다시는 찾지 못할 그 아름다운 자연이 못내 아팠기 때문이다. 그래서 어느 지면을 통해 이렇게 쓰기도 했다.

버스가 하루에 세 번씩만 다닌다는 그 아름다운 길도 이제는 곧 훗날 누군가에게 들려줄 옛이야기로 남을 것이다. 오대산에서 발원한 오대천이 정선까지 이르는 그 길은 실로 강원도 길의 백미였다고. 장쾌하게 솟은 산과 유연하게 계곡을 휘돌아 빠져나가는 물의 경계를 따라 나란히 이어지는 백 리 길은 아슬아슬하도록 아름다웠다고. 그리고 삶에 지친 사람들은 이 길 위에서 비로소 고단함을 내려놓고 위로를 받을 수 있었고, 그로써 아름다움을 되돌릴 수 있었던 삶의 여백이었다고. 그런데 어느 날 기억 속의 옛이야기가 되고 말았다고 말이다. 구불구불 느리게 흐르던 시간이 더 빠르게 직선으로 깎이고 넓혀지는 사이.

낙엽이 깔린 숲길에 들어서자 경직됐던 마음이 저절로 풀어진다. 예상하지 않았던 환영을 받은 기분이다. 발밑에서 낙엽이 바스락거리고,

바람에 쓰러진 나무가 아치를 만든 오솔길에서, 다람쥐가 길을 가로질러 비탈을 타다가 이방인의 거동을 살피듯 이끼 낀 나뭇등걸에 올라서서 빤히 쳐다본다. 그래, 반갑다. 이 길에선 네가 주인이다. 눈으로 인사를 한다. 살아있는 숲의 숨소리 들리는 듯하다.

"회장님은 늘 이곳은 자연이 주인이라고 말씀하세요. 회장님 개인적인 입장은 새소리 바람소리 물소리가 어우러진 곳이니, 사람들이 산책을 하면서 자신을 들여다보고 자연의 소리를 느낄 수 있도록, 예약 인원만 받아서 기존의 숲이 품고 있는 가치를 훼손하지 않기를 바라시죠. 앞으로 개장하고 나면, 특성상 단체로 오시는 분들이 많더라도 애플리케이션을 활용하여 개개인이 사색하고 명상할 수 있게 유도하는 방향으로 진행하려고 해요. 그래서 최대한 숲과 자연환경을 보존하려고요."

내 생각을 읽었을까. 안내를 맡아준 한창훈 씨였다. 그의 나직하고 조용한 음성, 조곤조곤한 말씨는 안정감이 있었고, 거리를 일정하게 유지하면서 내 사진취재를 침범하지 않고도 필요하고 적절한 말만 군더더기 없이 건넨다. 특히 자연의 입장에서 사람을 배려하려는 설립자의 취지가 무엇보다 반가웠다.

그의 이야기를 들으면서 나는 불현듯 아일랜드 서부 해안에 있는 오래된 저택을 떠올렸다. 너무 오래되고 낡아서 말만 걸어도 허물어질 것 같던 옛 저택이 오랜 준비 끝에 모든 사람을 위한 치유의 공간으로 변신을 한다. 그리고 마침내 일주일간의 예약제로 첫 손님을 맞게 된다.

손님들은 있을 법하지 않은 조합이었다. '스웨덴에서 온 진지한 청년, 프리다라는 이름의 사서, 둘 다 의사라는 잉글랜드인 부부, 뭐가 못마땅한지 입을 꾹 다물고 있는 넬이라는 여인, 비행기를 놓쳐서 충동적으로 오게 됐다는 미국인, 위니와 릴리언이라는 친구 사이 같지 않은 친구, 그리고 이벤트에 당첨되어 이곳에 오게 됐지만, 그 사실이 못내 불만인 윌 부부.' 이 사람들은 다 무엇을 하러 이곳에 왔는가?

그들은 각자 서로 너무 다른 사람들이었다. 살아온 환경도 정서도 세월도 연령대도 모두. 그만큼 성격도 제각각일 수밖에 없을 터였다. 그들은 저마다 남모르는 상처를 품고 있었다. 그리고 어쩌면 이 여행이 마지막 도피 여행인지도 몰랐다. 하지만 저택에서의 그 일주일은 사람들을 변화시켰다. 슬프거나 기쁘거나 각자의 음색이 각자의 선율과 리듬으로 합쳐져 불협화음마저 화음으로 화답해내는 고즈넉한 합창곡으로 변한다.

낯선 나라의 해안에 위치한 오래된 저택과 이곳 가리왕산의 로미지안의 숲이 겹쳐진다. 바다와 산이라는 환경적 요인만 다를 뿐, 천혜의 자연과 함께 살아가는 사람들의 삶은 크게 다르지 않을 터였다. 더구나 세상살이에 지친 사람들의 내면과 외면의 가치관들이 부딪치면서 내는 불협화음에 고통스러웠던 마음을 치유하는 공간으로써의 역할에는 공통점이 많아 보였다. 삶을 격려하고, 삶을 위로하고, 삶의 비밀을 알려주는

종소리처럼. 때마침 부는 바람에 명상의 숲 소나무에 걸린 파이프 풍경 소리가 숲을 휘돌며 긴 여운으로 공명했다. 그 맑은소리가 잠시 곁길로 빠져들었던 내 마음을 다시 숲으로 안내했다.

로미지안의 숲에서 누렸던 지극한 몇 시간이 선물 같았다. 한 걸음걸음 뗄 때마다 느꼈던 깊은 인상을 일일이 열거한다는 것은 되레 군더더기가 될 것 같다. 대신 카페 아라미스에서 선물로 받은 책, 설립자의 <내 인생의 정원>을 펴들고 로미지안 정원의 아름다운 사계에 밑줄을 긋는다. 부디 이 원시의 숲이 오래도록 빛과 향기를 잃지 않기를, 찾아오는 모든 이들의 몸과 마음에 평온한 시간이 함께 하기를 빌면서.

단풍나무 숲 이야기

왠지 오래도록 마음에만 두었던 옛 정인이라도 만나러 가는 기분이다. 알 수 없는 조바심과 설렘을 동반한 기분. 어느 순간 너무 달리고 있구나 하는 자각이 들었지만, 잠시 속도를 줄이긴 해도 금세 이전의 속력으로 돌아갔던 기억. 남면에서 정선읍으로 넘어가는 쇄재와 까칠재 터널을 지나자 산기슭이 온통 노랗게 산국이 지천으로 피어있다. 작고 노란 꽃 무리가 오래 기다렸다는 듯 반기며 달려오는 것 같다. 그러나 마주 달려 나가 끌어안을 수 없는 형편이다. 산길은 좁고 갓길은 없다. 그저 스쳐 지나야 하는 마음만 애틋하다. 그제야 알겠다. 아슬아슬하게 휘어 돌

아가는 산길을 왜 그리 서둘러 달렸는지. 그래, 옛날을 만나러 가는 거였구나. 잃었던 추억을 만나러 가는 길이었구나.

산허리 굽어진 그 길 너머, 깊은 산골짜기 단임에 든다. '단임', 단풍나무 숲이라는 이름. 몇 해 전 왔다가 떠나면서 다시 오겠다고 약속했던가. 단풍잎은 그때처럼 곱게 물드는데 가슴에 이는 이 쓸쓸함은 무슨 연유인지. 아마도 인간을 위한 '편리'라는 당위가 지닌 동전의 양면 같은 부작용일 테다. 시멘트로 다진 길은 넓어지고 콘크리트 다리는 많아지고, 그 '덕분'에 예민한 산천어들은 사라지고 야생 약초들은 대대로 살아온 서식지를 미련 없이 떠나버렸다. 이런 환경이 가속화된다면 옛 모습은 금세 사라지고 말 터이다. 그래서 더욱 가을 햇살 내려앉은 산기슭에 옹기종기 해바라기 하는 장독대를 마주했을 때 받은 느낌은 그대로 뭉클한 위로였다. 예전의 정서가 아직은 다 허물어지지 않은 것 같아서. 어쩌면 여기서 다시 별을 볼 수도 있지 않을까 하는 막연한 기대감마저 슬며시 피어올랐다. 더불어 옛 기억도 모습을 드러냈다.

단임, 단풍나무 숲이라는 이름

계곡 길은 외길이었고 비포장과 포장길이 뒤섞여 산자락과 계류를 따라 이리저리 휘어지며 안으로 깊숙이 이어졌다. 차창을 열었다. 투명한 바람이 와락 달려들어 가슴을 파고든다. 시리듯 깨끗한 바람. 그렇다면 품어야지. 중간중간 칡넝쿨들이 바위를 타고 산을 내려왔고, 쪼르르 다람쥐가 길을 건너다 말고 무심하게 솔 씨를 주웠다. 여기서는 사람이 아니라 그들이 주인이었다. 바람, 칡넝쿨, 다람쥐, 청설모….

예전 어느 때엔 80가구나 살았다. 지금은 골을 통틀어 열 가구 남짓이 전부다. 그것도 외지에서 들어와 둥지를 튼 사람들이 대부분이고 이곳에서 나고 살아내기 위해 감자를 심고 약초를 캐던 사람들은 모두 떠나고 없다. 산림을 보호한다는 명목으로 강제로 이주시켰기 때문이다. 흔적은 아직도 곳곳에 남아 있었다. 허물어진 벽, 녹슨 지붕. 그 옛날 언젠가는 사람의 온기로 채웠을 집과 학교. 아이들이 뛰어놀았을 언덕…. 그러나 지금은 무성하게 자란 풀들이 그 자리를 대신하고 있다. '문학당'이

란 간판이 걸린 예전의 학교는 굳게 문이 닫힌 채 스산하고, '1965년 8월에 건립되고 1989년 3월에 폐교되어 매각됐다'고 새겨진 작은 표지석만 풀숲에 가려진 채 세월에 묻혀갔다.

안골로 더 들어간다. 해발 700고지의 안단임. 병풍처럼 빼곡하게 둘러서 있는 산들, 1,000m가 넘는 산들이 더 들어가지 말라는 경고처럼 불쑥 앞으로 다가섰다. 최근 몇 년 전까지는 전기도 없었고 휴대전화도 불가능했던 곳이었다고 했다. 그래도 찾아드는 사람들은 있었다. 그곳에서 20년 전 도회의 생활을 접고 몇 해를 떠돌다 이 골짜기에 짐을 풀고 자연 속으로 스며들어 약초를 심고 산방을 하는 부부를 만났다. 그곳은 자생하는 산야초조차 터를 많이 가리는 곳이었다.

동서남북으로 손을 잡은 듯 가깝게 마주 서서 같은 하늘을 이고 같은 공기와 바람으로 숨을 쉬지만, 그 사면에서 자생하는 식물의 개체들은 전혀 다른 종들이라고 산방주인은 귀띔한다. 이곳에선 한곳에서 수년을 변함없이 자라지만, 터를 옮기면 품은 향도 달라지고 잘 자라지도 못한다고 했다. 어쩌면 터를 타는 약초나 식물처럼 사람에게도 운명처럼 끌리는 나름의 터가 있지 않을까. 야생의 꽃잎을 따서 차를 우리고, 곰취 곤드레 명이나물, 황기를 심고 가꾸며 열목어 토종메기 가재와 더불어 살아가는 소박한 삶이 행복한 사람들처럼. 산과 터는 자신과 닮은 서식자들을 품어주고 양분을 주고 길러내는지도 모른다. 사람들은 떠나도 산은 여전히 약초를 키워내고 잎을 피우고 열매를 맺는다. 햇빛과 물과 바람의 도움을 받으며….

옛 기억의 감상에 잠겨있다 보니 어느새 안단임 깊이 들어와 있다. 그곳은 아직도 승용차로는 닿기 힘든 곳이다. 그런 곳이 남아있다는 게 얼마나 다행인지. 여기라면 별을 볼 수 있지 않을까. 마음이 속삭였다. 드문드문 묻혀있는 민가는 벌써 보이지 않고, 깊은 계곡 끝자락에 숨은 듯 작은 암자가 앉아 골짜기를 가만히 내려다보고 있었다. 고요했다.

스님은 출타 중이었다. '용잠선원'이라는 현판 아래 툇마루에서 유리문을 무사통과한 가을볕이 자글거리며 수다를 떨었다. 툇마루에 앉아

암자 앞에 펼쳐진 산 능선이 그려내는 풍경을 물끄러미 바라봤다. 내 시선이 닿는 곳을 지레짐작했는가. 가을볕이 내 어깨에 내려앉아 유두봉이라고 속삭였다. 볼록한 두 봉우리 꼭짓점에 낙락장송이 있어 여자의 젖꼭지를 그대로 빼닮은 듯하다며 햇살은 내 팔을 타고 미끄러지며 까르륵 웃었다.

내가 앉아있는 각도 때문인지, 나무의 잎들이 무성한 탓인지, 아니면 처음 유두봉이란 이름을 얻었을 때보다 주변의 나무들이 해마다 자라 꼭지 역할을 하던 나무가 묻혀버린 까닭인지, 내 눈엔 그저 단풍이 물들기 시작한 온화한 능선들로만 보였다. 지나가던 바람이 슬쩍 참견했다. 그 유두봉이 저기 있어 그런지 이 골짜기가 음기가 아주 강하다며, 그 음기를 누를 수 있는 양기가 센 사람이 아니면 이곳은 살기 힘든 곳이라고 했다. 그렇지만 자기는 바람이니까 마음만 먹으면 그 골짜기에서 아주 오래 살 거라며 수수께끼 같은 말을 남기고는 금세 사라졌다.

별을 보고 싶었다. 어린 날의 고향집 마당에서 보았던 은하수는 꿈에서도 그립다. 언제부터 잃었는지 찾아도 보이지 않는 별들이 취재를 핑계로 너무 보고 싶었다. 별은 분명 어딘가 있겠으나 내게는 어디에도 보이지 않았다. 세세한 별자리는 알지 못해도 북두칠성은 쉽게 찾을 수 있었다. 아무리 가리켜 줘도 북극성은 명확히 몰라 북두칠성 주변을 목이 아프도록 쳐다보던 밤하늘이 키가 자랄수록 도망치듯 점점 멀어졌다. 까맣게. 아쉬움에 떠오른 옛 기억 하나.

캄캄한 밤이었다. 밤하늘에는 여백 하나 없이 별이 촘촘히 박혀 있었고 은하수가 쏟아져 내릴 것만 같았다. 계곡을 울리는 물소리만 계곡 밖으로 달아나던 밤, 한쪽 다리를 저는 인디언 차림을 한 사내가 사륜구동 낡은 지프를 몰고 산길을 안내했던가. 토막토막 떠오르는 기억들. 지프의 흐린 헤드라이트 불빛, 짧은 앞다리 탓에 산비탈 길을 고꾸라질 듯 도망치던 길 잃은 새끼 산토끼, 그 밤 이후 별을 보지 못했다. 유년의 밤은 날마다 그렇게 별이 반짝였던 것 같다. 실제로는 날마다는 아니었겠지. 그래도 그 기억 때문에 춥고 가난했던 기억은 지워지고, 아름다운 기억만 남은 게 얼마나 다행인지.

별은 끝내 보지 못했다. 약속 없는 방문이라 스님도 만나지 못하고 산을 내려가야 했다.

바람의 정거장 나전역의 기억

녹슨 철길 따라가는 흐린 풍경 뒤로 다시는 오지 않을 기차 소리 듣는다. 그리운 것들은 아주 먼 곳으로부터 보이지 않는 이 기차를 타고 온다. 때로는 안개로 와서 눈물을 감춰주고, 때로는 꽃으로 와서 상실을 가려주려고. 기다림도 습관이라서 매번 핑계를 찾는다. 바람이 불어서… 꽃잎이 피어서… 나뭇잎이 물들어서… 라고. 그렇게 먼 기적소리 뒤로 추억이 따라오는 날도 있는 것이다.

나전역에 서서 멀리 소실점으로 사라지는 철로를 바라보았다. 언제

부터였을까. 플랫폼 저쪽 끝 벤치에 허리를 접고 미동도 없이 앉아있는 한 사내가 눈에 들어왔다. 나 또한 그늘에 서서 한동안 지켜보았다. 누군가를 한없이 기다리는 모습을 재현해 놓은 인형일지도 몰랐다. 실제로 전에는 없던 인형들로 옛날의 일상을 나전역 안과 밖에 설치해 놓은 모습을 보고 나온 터였다. 역무원, 출퇴근하는 회사원, 아이를 업은 여자, 보따리를 머리에 인 할머니, 머리를 양 갈래로 땋아 내린 교복을 입은 여학생 등, 향수를 일으키게 하는 모습들이었다. 나는 멀리서 조심스럽게 카메라를 들어 올렸다. 셔터 음과 동시에 그가 느닷없이 자리에서 몸을 일으켰다. 깜짝 놀라서 주춤 물러섰다. 마치 진한 농담에 한방 당한 느낌에 피식 웃음이 났다.

정선의 시간이 조금씩 빨라지는 느낌이다. 올림픽의 영향일 것이다.

케이티엑스가 진부를 지나고 진부에서 정선으로 들어오는 길이 넓어졌다. 나전은 그 교통의 빠른 통로가 됐다. 그래도 나는 정선의 시간은 느리게 간다 했던 그때가 조금만 더 머물렀으면 하는 마음 간절하다. 풀꽃향기 자욱하게 흐르는 조양강처럼 강물 따라 맑고 아름다운 풍경도 느리게 변하고 사람들의 정서도 한 삼십 년쯤 느리게 흐르는 것 같아서 정겹고 따뜻했다. 궁금해졌다. 척박한 이 땅에서 고달프게 살다 간 옛사람들은, 훗날 삶에 지친 도회지 사람들이 잃어버린 고향에 대한 기억을 이 땅에 와서 찾게 되리란 걸 예감이라도 했을지.

북평의 골목길을 걸었다. 탄광 사택촌의 흔적을 훑었다. 벼가 풍요롭게 무르익은 논길을 지나 조양강변 길을 오래 더듬었다. 꽃베루재 옛길에 올라 북평의 전경을 내려다보았다. 멀리서 보이는 마을은 고요했다. 서쪽으로 기우는 빛에 시야가 흐려졌다. 사택촌에서 흘러나오던 구수한 음식 냄새와 구멍가게 할머니가 끓여주던 만둣국이 그리웠다. 지금도 찾아가면 먹을 수 있을까. 맑은장국에 끓여낸 만둣국이었다. 만두는 전혀 느끼하지 않았고 단단하게 빚어 조금도 흐트러지지 않았다. 국물은 국물대로 깔끔했고 만두는 만두대로 찐만두 같은 맛이었다. 국물과 같이 먹어도 좋고 만두만 따로 먹어도 좋았다. 씹을수록 담백하면서도 고소한 맛을 냈다. 까맣게 잊었던 추억을 떠올리게 하는 마법 같은 맛이었다. 추억은 그렇게 그리움으로 읽힌다.

전날 밤에 바람이 심하게 불었던 몇 년 전 그날을 떠올렸다. 그 바람

에 나전역 뜰의 잣나무가 우듬지에 걸어두었던 잣송이들을 떨어뜨렸다. 시니어클럽 어른들이 모여 청소를 하다가 잣송이를 주워 시멘트 바닥에 놓고 발로 비벼 알맹이를 고르더니 건네주셨다. 옆에 쪼그리고 앉아서 구경하다가 얼떨결에 두 손을 내밀어 받았다. 잣 향이 소복하게 피어올랐다. 자그만 알갱이 하나 입에 넣고 깨물었다. 경쾌하게 튀어나오던 껍질 부서지는 소리에, “비었네.” 할아버지가 빙그레 웃으셨다. 정말 비었다. 다시 하나 깨물었다. 깨지는 소리가 미세하게 둔탁했다. “그건 알이 있겠는데.” 신기해서 놀라 물었다. “네, 어떻게 아셨어요?” “알지. 깨지는 소리만 들어도 안다고.” 입안에 고소하게 퍼지는 잣 향에 기분이 환해졌다.

오늘도 그날처럼 나전역 플랫폼에 섰다. 기차가 오지 않는 역이다. 이곳에서는 시간도 멈춘다. 왔다가 떠나는 사람도 없으니 마중하는 사람도 배웅하는 사람도 없다. 지나던 바람만 잠시 머물렀다 대합실을 빠져나간다. 정선이 고향인 시인의 시가 투명한 가을 햇살에 깃발처럼 나부낀다. 오늘도 그날처럼.

> 햇살 좋은 날에는 나전 장렬에나 가야지
> 그곳에 가서 낮은 언덕엔 뽕나무 심고
> 가파른 비탈에는 산머루나 길러야지
> 아침 늦게 눈뜨면 새소리에 귀를 씻고
> 툇마루에 걸터앉아 상추쌈에 된장국 늦은 아침을 먹어야지
> 풀꽃 향기 자욱하게 흐르는 앞 강물에
> 설거지를 하면 오전이 다 지나갈 거야
> 먼 곳에 대한 그리움 같은 건
> 마음속에 장뇌삼처럼 묻어두고
> 그곳에서 고독이나 장렬하게 피워 올리다 보면
> 새들은 햇살을 물고 석양으로 사라졌다가
> 다시 황혼녘 어둠을 물고 자작나무 산그늘로 스며들겠지
>
> 박정대 〈나전 장열〉

나전역 인근을 돌아서 남평 넓은 들판 길을 걸었다. 가을 햇살이 부서지는 들판과 연한 조양강변길이다. 들에는 추수를 앞둔 벼가 노랗게 물

들어간다. 여전히 예전처럼 소나무 숲을 울처럼 두르고 옹기종기 모여 잠들어 있는 강변의 묘지들. 그 묘지들의 안부를 생각했다. 동해안 어느 해변의 묘지들만큼이나 이들의 혼들도 세월과 바람과 풍파를 견디고 있을지도 몰랐다. 담쟁이 넝쿨이 짙푸르게 휘감고 오르는 아름드리 소나무만큼 오래됐을 것 같은 묘지들 곁에서, 고요한 집들도 사람들도 옛 시간을 여전히 살고 있을 것만 같아서 나도 모르게 걸음은 점점 느려지고 들숨도 날숨도 천천히 길게 들고났다.

그림 같은 조양강의 서정

조선 말기에 정선군수를 지낸 오횡묵은 조양강의 서정적인 풍경을 이렇게 묘사한다.

'배를 타고 상류로 거슬러서 올라가니 물이 얕아 올라갈 수 없었다. 그대로 돌아서 하류로 내려와 어천이 합류하는 곳까지 오니 급한 여울목이 되어 배를 용납하지 않았다. 위아래로 5리 사이의 양쪽 강변 일대에는 수목이 뒤섞여 울창하게 숲을 이루어 농부, 시인, 술꾼, 여행자, 이고 지고 한 사람들이 모두 이곳에서 쉬면서 더위를 식히고 있다. 해는 서산에 걸쳤고 나무 그림자는 강

으로 거꾸러졌으며, 크고 작은 은빛 비늘들이 꼬리를 흔들고 몸통을 뒤채면서 반사하여 붉은 햇살을 내뿜는 사이에서 번쩍이며 뛰노는 물고기를 바라보는 즐거움을 알만했다.'

'강의 기슭을 따라 많은 아낙네들이 줄을 지어 빨래를 하는데 마치 오리떼가 모래톱에 내려앉은 듯했다. 낚시꾼은 낚싯대를 가지고 낚시터에 앉았고 천렵꾼은 투망을 들고 물속에 섰는데 회를 먹기도 전에 입안에서 군침이 먼저 돌았다.'

이렇게 평화롭고 아름다운 정경이 또 있을까. 한 폭의 산수화 같기도 하고 풍속도 같기도 한 그림들이 강을 따라 이어진다. 그림 속 풍경을 머릿속에 그리다 보면 어느새 나도 풍경이 된다. 그때 그 사람들은 오래전에 떠났지만, 풍경은 그대로 남아서 산은 산대로 물은 물대로 옛이야기를 들려준다. 강에는 지금도 그때처럼 다슬기가 자라고, 바짓단을 둥둥 걷고 물에 들어서서 맑은 강물 가만히 들여다보면 그때의 송사리 떼가 우르르 몰려다니다 툭툭 다리를 건드리며 장난을 칠 것만 같다.

문곡 골짜기에 숙소를 정했다. 달빛 고요하게 내려앉은 뜰에서 풀벌레들 밤새 돌돌거리며 물레를 잣는 동화 같은 풍경의 밤이었다. 실로 오랜만에 푸르게 술렁였다. 새벽이 오는 소리 들으며 설핏 잠이 들었나. 일어나 문을 여니 골짜기엔 안개가 깊었다. 시계는 아홉 시를 가리키는데 햇살은 아직 앞산을 넘지 못했고 새소리마저 잠이 덜 깬 듯 젖어있었다. 전나무 숲 통나무집 굴뚝에서 서둘러 일어서던 푸른 연기가 얼른 허리 숙여 안개 속으로 숨었다. 나무 타는 냄새는 미처 감추지 못해 한참 동안 마당을 떠돌았다. 길을 나서니 산길 옆 비탈밭의 도라지꽃들이 이슬을 털어냈고, 수풀에 가려 보이지 않는 계곡물 소리가 앞장서 달려 내려갔다. 물소리를 따라 골짜기를 벗어나니 넓은 강이 기다리고 있었다. 조양강이었다. 돌아보니 골을 감싸고 있던 구름이 그제야 느릿느릿 일어나 산을 오르기 시작했다. 강변길을 따라 천천히 차를 몰았다.

약속이 없다면 강가에 종일토록 앉아있어도 좋겠다. 아무 생각 없이 강과 함께 그대로 풍경이 되어도 좋겠다. 예전엔 여기 나루터가 있었고 긴 삿대를 강바닥에 박으며 건네주던 사공이 있었다는데. 어느 땐 줄을

잡고 당겨서 가던 줄배가 있었고, 또 어느 땐 돌다리가 놓이기도 했다는데. 지금은 모두 세월의 강을 따라 흘러간 옛이야기가 되었다.

오래 머물던 풍경이 사라지면 새로운 풍경이 그 자리를 차지한다. 나루터가 사라지니 사공도 떠나고 줄배가 왔다가 떠나니 그 자리에 있던 돌다리마저도 사라졌다. 이제는 튼튼하고 높은 콘크리트 다리가 강을 가로지르고 있다. 강변길 따라 다리에 이르자 왠지 모를 이질감이 들었다. 그 길로 달릴 차도 사람도 없는데 다리만 먼 미래의 시간에서 불쑥 나타나 그 자리에 우뚝 서 있는 것만 같았다. 다리 중간쯤 난간에 낡은 자전거를 기대놓고 낚시하는 노인에게 시선이 머문다. 물소리도 들리지

않는 정적. 낚싯대를 드리운 노인. 그림처럼 고요한 조양강과 어우러진 풍경. 정선에선 의식의 속도도 느려진다.

그래서 정선에 오면 옛사람들이 하늘과 맞닿은 성마령을 걸어서 넘었던 것처럼 정선의 옛길을, 강변길을, 고갯길을 반드시 걸어서 가보라 한다. 혼자 떠난 길이라면 더더욱 강을 곁에 두고 강과 연애하듯 느리게 걸어보는 것도 좋고, 강을 놓치지 않고 따라가는 옛길을 천천히 걷다가 아무도 없는 강둑에 앉아 가만히 물길을 응시해보는 것도 좋겠다. 그러면 숨 가쁘던 여울목을 벗어난 강물의 안도처럼, 쫓기듯 달음박질치던 마음도 고요해질 테니까.

조양강 민물고기

옛날 내륙 산간지역에서는 바다 생선을 구경하기가 힘들었다. 기껏 구경한다 해도 소금에 푹 절어 누렇게 된 고등어가 고작이었다. 그렇다고 해도 자동차도 냉장고도 없던 시절이었으니 그보다 더 귀한 것도 없었다. 더구나 정선지방은 벽지 중의 벽지였다. 소금에 절인 고등어라도 한 손 구하면 귀한 상에 올리려고 또다시 소금단지에 보관했다. 보통 소금단지는 오지항아리였는데 저장고로 안성맞춤이었다. 오지 자체가 숨을 쉬는 데다 소금이 들었으니 상할 염려도 없었다. 먹을 때는 물을 많이 붓고 국을 끓였다. 무나 시래기를 밑에 깔기도 했지만 주로 곤드레나물을

더 많이 넣고 오래도록 푹 끓였다. 그래야 양도 늘고 짠맛도 덜할 뿐 아니라 무엇보다 나물에 밴 고등어 맛으로, 한 마리로는 성에 차지 않았을 온 가족의 입맛을 위로할 수 있기 때문이었다.

바다가 없는 정선에는 물고기들이 풍부했던 조양강이 바다를 대신했다. 조양강이 시작되는 곳은 여량의 아우라지부터다. 도암호에서 내려온 송천과 임계 쪽에서 흘러들어온 골지천이 만나면서 비로소 '천'이 아닌 '강'의 이름을 갖게 된다. 조양강은 나전쯤에서 다시 오대산에서 내려오는 오대천과 손을 잡는다. 이 물이 고을을 감싸고 휘돌아나가는 동안 주변의 골짜기에서 샘솟아 흘러드는 물줄기로 더욱 풍성해진다. 이렇게

넉넉해진 강에서 수많은 토종 어종이 서식하고 자랐다. 이름도 생소한 참마자, 모래무지, 꺽지, 퉁바구, 메기, 쏘가리, 괘리, 빠가사리….

강은 오랜 세월 넉넉한 품으로 여름철엔 주민들의 휴식처가 되었고, 겨울철엔 아이들의 놀이터가 되었다. 여름날 한낮의 태양이 뜨겁게 타오르면 논밭에서 일하던 어른들은 일손을 놓고 강가의 그늘로 모여들어 천렵했다. 투망을 던져서 건져 올린 물고기로 매운탕이나 어죽을 끓여 나누며 고달픈 삶을 서로 위로했다. 겨울이면 아이들은 강이 얼기를 기다려 썰매를 타고 물고기 지느러미가 얼 때까지 좇아다니곤 했다. 그러다 얼음이 깨져 물에 빠지기도 하면서….

“어린 시절 아버지는 내가 학교에서 돌아오면 자전거 뒤에 태우고 조양강에 나가 그물을 쳤어요.”

정선에서 만난 도상도 씨는 그렇게 어린 날을 회상했다. 저녁에 그물을 치고 다음 날 아침에 건져 올리면 고기들이 가득 걸려 퍼덕거렸다고 한다. 이렇게 잡은 민물고기로 조림을 하거나 탕을 끓이기도 했지만, 잘 손질해 말린 뒤 그물자루로 하나 가득 묶어 부엌 벽에 걸어두었다. 그렇게 매달았던 물고기는 필요할 때마다 꺼내 싸리나무 꼬치에 꿰어 구이도 하고 때로는 튀김이나 조림을 했다. 귀한 바다 생선 대신 제사나 명절에 상에 오르는 특별한 음식으로도 썼다.

"하지만 지금은 옛날 같지 않아요. 어종도 개체 수도 많이 줄었죠. 도암댐에서 물을 방류하기 전에는 저 강이 얼마나 맑았는지 몰라요. 그런데 물을 방류하고부터는 이끼가 끼더라고요."

외부에서 흘러드는 부유물이 없는 겨울이 조양강 물빛이 가장 좋다. 겨울의 조양강은 혼자 숨겨두고 보고 싶을 정도로 아름답다고 현지인들은 전한다.

옛날에는 겨울 강에서 잡은 물고기를 굵은 소금을 뿌려 바로 숯불에 구워 먹었다. 물고기가 추위를 견디려고 지방을 많이 축적하기 때문에 여느 계절보다 맛이 고소하다. 특히 쏘가리를 잡아서 회로 먹으면 일품인데 쫀득쫀득한 맛이 별미였다. 여름에는 쏘가리 등을 잡아서 강가에서 솥을 걸고 생탕을 끓여 먹거나 회로 먹고 남은 머리, 뼈 등으로 매운탕을 끓여 먹기도 했다. 그때 지친 몸과 마음을 서로 달래며 함께 먹던 민물고기 음식들이 지금은 대표 향토음식으로 자리 잡았다. 깨끗이 손질한 민물고기를 싸리나무 꼬치에 꿰어서 소금을 뿌려 살짝 찐다. 찐 민물고기를 햇볕에 말려두었다가 숯불에 구우면 그 맛이 일품이라고 주민은 귀띔한다. 아마도 추억을 떠올리게 하는 그리움의 맛이고 위로의 맛일 테다.

양떼목장의 신기한 동물들

목장을 찾아가는 길은 예상보다 쉽지 않았다. 좁고 꼬불꼬불한 산골길인 데다 초행이라 더 그랬다. 그러나 목장으로 넘어가는 길목부터 정겹고 아름다운 풍경이 펼쳐졌다. 이슬재로 오르는 길 양옆으로는 울울한 수목들이 도열하고 서 있다. 미세먼지 가득한 도시에서 습관으로 익숙해진 차단막이었던 차창을 활짝 열었다. 숲 냄새가 밴 산바람이 와락 쏟아져 들어왔다. 목장을 만나기도 전에 호흡이 깊어졌다. 정말 잘 왔구나 하는 마음이겠다. 여기서는 걸어가도 좋겠다. 차를 끌고 올라가는 것조차 도리가 아니겠다 싶다. 대신 속도를 최대한 늦추고 천천히 오른다. 아

쉽게도 길은 너무 빨리 목장 입구에 나를 데려다 놓았다. 코스모스가 먼저 나와 반겼다.

정선양떼목장은 잣나무 낙엽송 등 침엽수림이 울처럼 포근하게 감싼 곳에 자리 잡고 있었다. 해발 860m 고지대다. 아주 심한 가뭄에도 이슬이 많이 내려 '이슬재'라고 했다. 천혜의 자연을 확보한 셈이다. 정선양떼목장은 국내에서 가장 큰 규모인 22만5천㎡의 광활한 초지에 2015년 7월 개장했다. 목장주인 김 대표는 지금까지 축산업을 천직으로 알고 살아왔다. 처음에는 인천에서 낙농업을 하다가 20년 전부터 이곳 정선에 정착했다.

"소를 사러 정선에 왔다가 공기도 맑고 전망이 너무 아름다워 첫눈에 반했어요. 아내가 이사를 반대할까 봐 끝까지 비밀로 하고 이사 오기 얼마 전에 알렸지요."

주인은 이곳에 와 처음 몇 년간은 초지 조성에 집중했다. 시간이 날 때마다 나무를 심으며 주변을 가꿨다. 지금의 모습을 갖추는 데까지 10년이 걸렸다.

"급하게 생각하지 않고 하나씩 목장의 모습을 만들어갔어요. 초지가 완성되니 양을 키워보고 싶다는 생각이 들었어요. 그렇게 양떼목장이 시작됐지요."

양떼목장에는 양떼와 소 말고도 많은 동물들이 있다. 주인은 산속에 있다 보니 사람이 그리워져 마음에 드는 가축과 동물들이 보일 때마다 하나둘씩 사서 데려왔다. 그렇게 데려온 것이 어느새 300마리가 넘게 되었다고 했다.

양떼목장의 동물들

당나귀, 미니말, 염소, 토끼, 페르시안 고양이와 골든레트리버, 여러 종의 닭과 공작 등 각종 조류가 찾아오는 손님들을 맞이한다. 동물농장이었

다. 동물들이 저마다의 방식으로 방문객을 맞이했다. 예민한 미니말은 가만히 서서 내 행동을 주시했고, 점박이 미니돼지는 둘이 서로 꼬리를 물고 돌아가듯 장난을 쳤으며, 우아한 뿔을 가진 흰색염소는 정결한 걸음걸이로 그러나 놀랍게 빠른 동작으로 몸을 피해 멀찍이 서서 나를 지켜봤다. 건조하고 깨끗한 환경을 좋아하는 결벽성이 있는 동물다웠다. 그리고 무심한 듯 약간은 애처로운 눈빛을 보이는 페르시안 고양이, 묶여 있으면서도 늠름한 골든레트리버, 고상한 조랑말과 토끼 들은 모두 온순하고 조용했다.

목장의 여러 동물 중에서 나는 당나귀가 제일 매력이 있었는데, 무료한 듯 이따금 헝! 헝!! 하고 앞산과 뒷산이 깜짝 놀라 진저리를 치도록 요란하게 소리를 질렀다. 메아리가 산 아래로 도망쳐 달아났다. 아마도 임

자만 나타나면 곧 퇴출당할 듯싶었다. 문제는 그의 울음소리 때문이었다. "나도 잠을 잘 수 없는데 아랫마을까지 당나귀 소리가 들린다니 다들 싫어하죠." 김 대표의 말이었다. 그래도 나는 당나귀가 '헝'과 '컹' 소리가 결합한 묘한 음색으로 내지르는 소리가 매번 웃음이 났다.

당나귀는 실제로 매우 예리하고 지능적인 동물이라고 했다. 느리게 움직이고 절대 서두르지 않는 것처럼 보여도, 아주 똑똑하고 복잡한 문제를 해결할 능력이 있다. 기억력 또한 훌륭해 오랜 시간이 지난 후에도 장소와 경로를 기억할 수 있다고 한다. 대체로 당나귀는 고집의 대명사로 오르내린다. 실제로 뭔가를 하려고 들지 않을 때는 마음을 바꾸기란 몹시 어렵다. 그때는 본능적으로 위험을 감지했을 때라고 봐야 한다. 그만큼 매우 조심성이 있는 동물이기 때문이다.

페르시안 고양이의 재미있는 탄생 설화가 있다.

페르시아의 전설적인 영웅 루스탐이 어느 날 도적 떼에 잡힌 한 노인을 구했다. 루스탐이 구한 노인의 정체는 마법사였다. 사막에 피워놓은 모닥불 앞에서 노인은 루스탐에게 보답을 하기 위해 원하는 것이 있냐고 물었다. 루스탐은 손사래를 치며 말했다.

"모닥불의 따뜻함, 피어오르는 연기의 향긋함, 밤하늘에 반짝이는 저 별들. 모든 것이 이곳에 있는데 제가 무엇을 더 바라겠습니까?"

루스탐의 말을 들은 노인은 모닥불의 연기 한 줌과 혀처럼 날름거리는 불길 한 자락, 가장 빛나는 별 두 개를 손에 모아 쥐고 숨을 불어 넣었다. 이윽고 노인이 손을 펼치자 그의 손바닥에는 귀여운 새끼 고양이 한 마리가 앉아 있었다. 털은 연기처럼 잿빛이고, 두 눈은 별처럼 반짝였으며 앙증맞은 혀는 불길처럼 붉었다. 세상에서 가장 아름다운 것 세 가지를 합친 생명체가 탄생한 것이다.

딱 이런 느낌의 페르시안 고양이가 양떼목장에 있다. 이렇게 동물들의 저마다의 느낌을 따라가는 사이 어느새 목장의 계절이 여름에서 가을로 넘어가고 있었다. 가을볕이 아른거리는 초지에서 한가롭게 풀을 뜯던 양들 중 한 녀석이 잘 가라는 인사인지, 다시 또 오라는 당부인지 뒤를 돌아 한참을 바라본다. 처음에 뛰어 내려와 맞아주던 녀석 같다. 새싹이 돋는 봄과 흰 눈에 덮인 겨울은 어떨까. 그때는 저들이 어떤 표정으로 나를 맞아줄까. 상상만 해도 걸음이 즐거워진다.

몰운대 가는 길

세상의 끝을 보려고 몰운대에 갔었네

깎아지른 절벽 아래로 사랑보다 더 깊은

눈이 내리고, 눈이 내리고 있었네

박정대 〈몰운대에 눈이 내릴 때〉 중

화암 비경

수억 년 숨 쉬듯 융기와 침식을 거듭하며 생겨난 기암절벽들이 늘어선 곳, 화암 팔경이다. 굳이 숫자를 가져다 붙이지 않아도 눈길 닿는 곳마다 어디나 절경이다. 몰운대를 찾아가는 길가에 파노라마로 펼쳐지는 화암의 비경. 그러나 정작 팔경을 찾으려 들면 숨어버린다. 하긴 그러니 비경이 아니겠나. 길을 잘못 들어 낯선 길을 달렸던 적이 있다. 봄날이었다. 길은 계곡을 끼고 달렸고, 산들은 머리 위로 쏟아질 것처럼 가파르게 일어섰다. 그 기세에 놀란 듯 비탈에서 미끄러진 산벚나무와 산목련 나무가 겨우 기슭에 발을 붙이고 봄바람에 팔을 벌렸다. 냇가를 따라 연두색 잎들이 돋아나 흐르는 물에 제 모습을 비추고 있었다. 그 길이 소금강으로 이어져 몰운대로 안내한다는 것은 나중에 알았다.

화암동굴을 떠나 약수터로 향했다. 철이 지났을까. 계곡은 한산해서 쓸쓸하기까지 했다. 약수터에서 무심코 카메라를 꺼내는데, 누군가 쨍하는 목소리로 "우리 사진 찍지 말아요." 한다. 놀라서 돌아보니 물을 뜨러 온 촌로였다. 뒤따라오던 이가 "찍으면 어때요?" 했다. 아들인 듯싶었다. 그제야 목소리를 누그러뜨리며 묻지도 않은 말에 대답한다. 젊어서 많이 아팠는데 이 약수 먹고 살아났다고, 대구가 고향인데 그 먼 데서 정선으로 시집왔다고, 이곳에서 평생을 살았다고… 이러쿵저러쿵. 아들은 말없이 물통에 물을 퍼 담고, 노인은 혼잣말처럼 중얼거리며 뒤에서 바가지로 물을 퍼마신다. 치료를 제대로 받지 못하던 시절, 민간요법에만 의지할 수밖에 없었으니, 믿음은 가장 확실한 처방이었을 수도 있겠다. 약수는 천연의 성분으로 몸과 마음을 정화하던 유일한 치료제였을 테니. 화암약수 성분은 실제로 위장질환과 안질 등에 효과가 있다고 적혀 있다. 철분이 많이 함유되어 짜릿하고 비릿한 맛이 났다.

약수에서 421번 지방도로를 타고 소금강으로 방향을 잡는다. 바로 건너편에 두 개의 돌기둥이 우뚝 솟아있다. 화표주다. 화표주는 신선이 짚신을 삼던 곳이라 했다. 신선이라면 구름을 타고 다녔을 텐데 짚신이 왜 필요했을까. 상상으로 어깃장을 놓는다. 그러자 여기 보란 듯이 얼굴을 내민다. 파란 하늘을 떠받치듯 솟아오른 기암이다. 전설은 어깃장에

도 즐거움을 선사한다. 여행은 그래서 좋다. 화표주 맞은편 산 절벽 위를 기어가던 거북바위도 머리를 쳐든다. 모두 화암 팔경이다. 여기서부터 몰운대까지 계곡을 '정선 소금강'이라 부른다. 설경이 아름다워 설암이라 불리는 소금강은 어천에 발을 담근 기암괴석이 하늘을 찌를 것 같다.

소금강 길에서는 속도를 최대한 줄여야 한다. 조금만 한눈을 팔면 그 길에서만 보이는 절경을 놓치기에 십상이다. 급하게 굽어지는 모퉁이를 돌다가 땅에서 솟아나기라도 한 것처럼 불쑥 튀어나오는 차량에 심장이 덜컥 떨어지는 경험을 할 수도 있다. 처음엔 어떻게 그런 곳이 있는지 신기했다. 전설이 현실이 된 것 같았다. 눈 한번 감았다 뜨면 용이 하늘로

치솟고, 호랑이가 불쑥 뛰어나올 것 같은 풍경. 그곳에도 어느 집에선가 나무 때는 연기가 피어올랐는데, 그 모습이 그리워 다시 갔을 때는 보이지 않았다. 내비게이션도 그 길에서는 경치에 팔려 길을 잃는다.

몰운대를 모퉁이에 두고도 나는 매번 놓쳐버렸다. 마치 타이밍을 놓쳐버린 과거의 인연을 못 잊는 미련 같았다. 금방 다가설 것 같다가도 어느 순간부터 멀어지는 것을 보면서도 어찌해야 할지 몰랐다. 길은 어긋나고 돌아오긴 너무 멀어진 후에야 왜 그랬는지, 왜 그렇게 곁을 내주지 않았는지 물었지만, 대답을 듣지 못했다. 몰운대는 내게 그와 같았다. 몰운대로 가는 길은 참으로 먼 길이었다. 마침내 찾았지만 선뜻 다가갈 수는 없었다. 그 무거운 침묵에 나는 단 한마디도 하지 못했다.

몰운대, 그 쓸쓸함에 대하여

몰운대 절벽 끝에 뿌리를 박고 홀로 선 소나무는 사뭇 비장했다. 잎은 죽었으나 몸은 여전히 살아있는 듯 꿈틀거리는 핏줄을 타고 오르는 신비가 전설을 잉태한 것처럼. 구름도 아름다운 풍광에 반해 쉬어간다는 몰운대 절벽 아래는 너른 반석을 어루만지는 계류가 쉼 없이 흐른다. 하지만 나는 눈을 어디에 두어야 할지 몰랐다. 그곳의 가을은 너무 쓸쓸했다. 몇백 명이 앉아도 된다는 절벽 위 반석도, 위태롭게 벼랑 끝에 서 있는 정자각도 쓸쓸하긴 매한가지였다. 아직도 몰운대는 나를 밀어내는 것만 같았다. 눈이 내리면 와도 될까, 새봄이 부르면 그때 다시 올까. 미련인지 서운함인지 갈피를 잃은 한숨이 계류에 섞이며 흘러갔다.

언젠가 불현듯 찾아와 안개에 파묻혀도 좋고, 이 마을에서 하룻밤 묵으며 별을 헤아려도 좋겠다고 주문을 했다. 불은 밝히지 않은 채 따뜻한 커피만 한 잔 두 손에 감싸 쥐고 계곡의 바람 소리 물소리에 귀 기울여도 좋겠다고 했다. 운이 좋다면 풀벌레들 찾아와 동무해 줄 테고, 캄캄한 주변에서 들리는 소리에 동화되어 혼자라도 혼자가 아닌 듯, 그렇게 찾아와 기어이 몰운대에서 별을 보리라 했다. 천년의 세월을 두르고 여전히 온몸으로 풍우를 맞고 서 있는 소나무 가지에 내려앉은 별을. 하지만 지금껏 몰운대는 내게 길을 내 주지 않았다. 여름이 지나고 가을이 갔다. 별이 눈송이가 되어 날리는 꿈을 꾸었다.

시인은 '세상의 끝을 보러 몰운대에 갔다'고 했다. 그러나 그 끝에서 본 것은 '세상의 시작'이었다. 어찌해야 할까. 절망의 끝에서 몰운대로 가면, '강물에 투신하는 건 차마 아득한 눈발뿐'이니, '절망은 하나의 허위'라는 걸 깨닫게 될까. 아니면 눈 내리는 날이나 꽃잎이 분분히 흩어지는 날 어느 때라도 좋을까. 고요하고 아득한 절벽 몰운대에선 '꽃가루 하나가 강물 위에 떨어지는 소리가 엿보인다'고 했으니. 차마 입 밖으로 나오지 못한 말은 죽은 소나무의 살아있는 핏줄을 타고 돌다가, 솔잎보다 붉은 돌단풍잎이 되어 가만히 꽃잎처럼 낙하하여 사라져버린다. 그처럼 나도 몰운대 벼랑 끝, 죽었으나 살아있는 소나무 앞에 앉아 있다. 이 어설픈 계절에. 오로지 저 깊고 무거운 침묵에 압도되어 날이 저무는 줄도 모르고.

빛바랜 사진 속의 추억

안경다리마을

마을의 첫인상은 고요하고 심심했다. 아직 한낮의 열기를 미련처럼 붙들고 있는 늦은 여름이었다. 거리는 텅 비었고 사람들은 그림자도 보이지 않았다. 동네를 기웃거렸다. 상점들은 비어있거나 문이 닫혀있었다. 가로수도 무료했을까. 나뭇잎을 하나둘 떨구며 시큰둥한 바람의 심기를 건드리고 있었다.

타임캡슐공원으로 오르는 길목인 안경다리마을이 있는 함백은 1990년대 초반만 해도 석탄 가루가 눈처럼 날리던 곳이었다. 흰옷을 입으면 금세 새까맣게 변하는 검은 땅이었다. 팔도에서 몰려든 광부들은 이곳에서 검은 탄가루를 마시면서 희망의 불씨를 댕겼다. 그러나 희망은 언제나 말 그대로 희망일 뿐이었다. 석탄 산업의 사양화로 함백광업소가 정선의 여느 탄광보다 일찍 문을 닫자 광부들은 빠른 속도로 빠져나갔다.

사람들이 떠나면서 함백역을 지나던 기차도 정차하는 일이 줄어들었다. 함백을 지나는 기차는 두 개 노선이었다. 하나는 함백역이 있는 함백선이고, 또 하나는 함백선보다 후에 개통된 태백선이다. 태백선과 함백선은 함백 시가지를 중간에 두고 양쪽으로 달린다. 그러니까 함백선은 순전히 함백광업소에서 생산하는 석탄을 실어나르기 위해 만들어진 철도인 셈이었다.

한때 급작스레 번성했던 시절이 스러지는 것도 물거품 같았다. 정선의 탄광 역사는 1980년대 말부터 시작된 석탄산업합리화조치로 구절리를 시작해서 나전, 자미원, 함백, 고한, 사북 차례로 빛바랜 흑백사진으로 들어가 버렸다. 폐광. 수많은 동료가 갱도 속에 묻힌 곳인 동시에 아내를 맞아들이고 자식을 낳아 키운 곳에서 이제는 진폐증에 서서히 죽어가는 가슴을 안고 그들은 또다시 정선선이나 함백선 기차에 몸을 실

고 떠나야 했다. 대개는 막 공단이 가동하기 시작한 안산으로 갔다고 한다. 몰려가야 덜 외로울 터였다.

고요한 뒷골목을 기웃거리다가 그늘에 앉아있던 마을 노인과 시선이 마주쳤다. 나를 먼저 발견하고 눈으로 쫓고 있었던 모양이다. 사람의 그림자가 반가웠다. 쭈뼛거리는 마음을 감추고 말을 건넸다. 몇 마디 오고 간 말끝에 지금은 어떻게 사시느냐고 물었다. 노인은 "그냥 살지요" 한다. "세 끼 먹던 거 두 끼 먹으며 그렇게..." 라며.

그 옛날, 떼돈을 기대하며 1,200리 한양 길을, 나무로 떼를 엮어 실어 나르며 감당했던 떼꾼들의 애환은 고스란히 현대로 와서 모든 희망을 탄광에 묻은 광부들의 애환으로 체현된 것 같은 느낌이 든다. 나만 그런 걸까.

탄가루가 사라진 지 오래지만 함백은 아직 탄광촌의 분위기를 지니고 있었다. 그 시절 열을 맞춰 지은 똑같은 집들이 여전히 처마를 맞대고 있고, 1970년대 사회 교과서에 실릴 만큼 흥성했던 함백의 모습이 벽화로 기록돼 있다. 이 마을이 거듭 자랑해도 과하지 않은 것은 기차 역사다. 철도시설공단은 폐광 후 손님이 끊긴 함백역사를 2006년 예고 없이 허물어버렸는데 마을 주민들이 힘을 모아 700여 일 만에 복원했다. 그런 까닭에 함백은 국가기록원에 의해 2008년 '제1호 기록사랑마을'로 지정됐다. 탄의 흔적은 이제 이야기 속에서만 만날 수 있을 뿐, 여름이 저무는 마을엔 그저 나른한 오후의 햇살만 구석구석을 비추며 아른거렸다.

매화분교

삼시 세끼 촬영지를 찾아서 방제리를 더듬던 길에 지난해 들렀던 매화분교를 다시 돌아봤다. 교실 문은 굳게 닫혀있고 운동장은 텅 빈 채로 주변을 둘러싼 나무들만 더 자라 우거진 모습이었다. 그런데도 아직 여전한 모습이 차라리 반가웠다. 그대로라도 더 오래 자리를 지켜준다면, 추억은 시간의 나이로 쌓여 그리움의 대상이 되고 기다림의 주체가 되겠거니 하는 바람이었다. 학교는 아이들이 뛰어다니는 발소리와 왁자지

2.5km

껄 떠드는 소리 들을 양분 삼아 온기와 추억을 저장하던 공간이 아니었던가. 그런 곳이 사라지고 잊히는 것이, 어느 한 생을 송두리째 잃어버린 것처럼 아프다. 그곳이 우리네 유년 시절의 추억과 기억에 뿌리를 내린 곳이라서 더욱더 그렇다.

학교는 1963년에 개교하였다가 1996년 폐교된 함백초등학교 매화분교였다. 오래전 무슨 일을 하다가 잠시 폐교에 관심을 가졌던 때였다. 그때 우연히 발견한 기사에서 이 학교를 보았던 것 같았다. 한번 가봐야겠다고 마음먹었는데, 다른 일 때문에 곧 잊고 지냈다. 아무튼 아이들의 발길이 닿지 않는 학교는 금세 변해갔다. 웃자란 풀로 뒤덮인 폐교는 닭을 키우고 감자를 썩히는 공간으로 바뀌었다. 폐교 이듬해 매화분교장을 무상 임대한 정선아리랑학교 대표는 관사, 교실 바닥, 상수도 시설 등을 수리하고 운동장을 정비했다. 주변에 단풍나무와 편백도 심었다. 이후 정선아리랑학교 추억의 박물관으로 꾸며 문화예술 공간으로 활용했다. 거기까지가 내가 알아낸 정보였다. 그런데 이제 학교는 텅 비었고, 뜨거운 오후의 태양이 그늘을 최대한 앗아간 운동장엔 풀들이 자라다 검게 타들어 가고 있었다. 폐교가 다시 또 폐교된 셈이다.

10년 전이던가. 부모님의 경제적 사정 때문에 할머니가 계신 강원도 어느 산골에서 학교에 다닌 적이 있다는 친구를 만났다. 워낙 작은 곳이어서 몇 안 되는 아이들과 금방 친해졌던 기억과 다시 도시로 돌아와 살기로 한 날, 친구들 앞에서 안 울고 떠나오려고 무던히 애를 썼던 기억이

고스란하던 친구였다. 그 뒤로 20년이 훌쩍 넘도록 오랫동안 못 가봤던 학교를 최근 다녀왔다고 친구는 말했다. 할머니가 돌아가셨기 때문이다. 그 사이 학교는 폐교가 되어 교문은 굳게 닫혀있고, 철문 사이로 보이는 운동장엔 무성하게 풀들이 자라 있었다. 그때는 그래도 꽤 큰 학교였는데… 말끝을 흐리는 친구의 얼굴에 찌릿하게 이는 통증 같은 쓸쓸함이 일었다 잦아드는 모습이 선연했다.

그렇듯 이곳에서 뛰어놀고 공부하던 아이들의 왁자함이 곳곳에서 메아리 되어 울리는 것만 같았다. 책상과 의자를 끌어다 뒤편으로 붙이고 마룻바닥을 밀고 닦고 청소하며 장난치던 추억. 창문에 매달려 말갛게 닦아놓은 유리창에 하늘이 고이고 새가 날아들던 기억이 고스란한데, 나는 어떤 세월을 돌아서 여기에 닿았는지. 그때를 닮은 유리창은 이제 흐려져서 파란 하늘도 날아가는 새도 더는 담지를 못하는 게 못내 안타까웠다.

빛바랜 사진 속의 추억

안경다리마을에 새로 신축하여 깔끔하게 단장한 추억의 박물관에 들렀다. 전시품은 폐교에 전시되었던 그대로를 이전했겠지만, 분위기와 느낌은 사뭇 달랐다. 텅 빈 폐교에서 저절로 울렁울렁 넘나들던 추억의 어떤 조각들이 빠져버린 느낌이었다. 어떤 흔적들은 공간에 따라 다르게 읽힌다. 그곳에 비치는 햇살과 별빛과 바람 한 오라기에서도 오랜 시간을 건너온 그리움의 냄새가 깃들어있고, '그때'의 온기가 전해지기도 한다. 나는 새롭게 정리된 전시장을 뭔가 잃어버린 것 같은 기분으로 서성거렸다.

그러다 빛바랜 사진 몇 장 앞에서 걸음을 멈췄다. 검은 루핑조각으로 누덕누덕 기운 지붕은 돌과 나뭇가지들로 짓눌려 있고, 벽은 부서지고 기둥은 기울고 돌담은 허물어졌다. 모든 게 남루하고 위태한데, 쪽마루에 걸터앉아 이야기를 나누는 두 사람은 전혀 아랑곳없는 표정이다. 삶은 비록 우리를 속여도 행복은 어떤 순간에도 남루하지 않다. 가을 운동회 날 한복을 곱게 차려입고 응원 온 어른들과 아이들이 좁은 복도 마룻바닥에 빼곡하게 둘러앉아 점심을 먹는다. 격자무늬 창문으로 환하게 쏟아지는 가을 햇살이 어른이나 아이 할 것 없이 얼굴에서 즐겁게 미소를 그려내는 순간이다. 나는 그 흑백사진들을 찬찬히 들여다보며 그 하나하나에 들어있을 사연들을 더듬었다.

빛바랜 흑백 사진 속의 우체국 건물은 낮게 엎드린 슬레이트 지붕들 사이에서 저 혼자 반듯이 어깨를 펴고 있었다. 그러나 자세히 들여다보면 그도 전면의 모습만 그럴 뿐 뒤쪽으로 보이는 지붕은 역시 낡고 허술했다. 출입문 양쪽에 여닫이 창문이 반쯤씩 열려있고, 낡은 우편배달 자전거가 그늘로 어두워진 출입문 옆에 비스듬히 기대어 있다. 가만히 들여다보고 있자니 창턱을 넘지 못한 햇볕이 창문 아래서 아른거리며 어린 날들의 추억을 불쑥 앞으로 불러낸다.

편지는 누구에게나 아릿한 기억 저 너머의 그리움이다. 산골 아이는 학교에 갔다 오는 길이면 어스름이 내릴 때까지, 노는데 정신이 팔려서 집에 갈 생각을 하지 못했다. 길은 산비탈 길이었고 집은 언덕 너머에 있었다. 봄이면 길가에 노랗게 핀 꽃다지 질경이 잎 뜯어놓고 소꿉놀이하고, 여름이면 길 아래 도랑물에서 첨벙거리며 지치도록 놀다가, 가을이면 꼬불꼬불한 논두길을 따라 벼 이삭 위를 나는 메뚜기 잡아 풀줄기에 꿰어 달고 타달타달 집으로 돌아오곤 했다. 아무런 걱정도 근심도 모르던 시절이었다. 그러다가도 그 모든 즐거움 다 팽개치고 집으로 달려오던 때도 있었다. 자전거 따르릉 소리에 땅바닥에 주저앉은 채 고개를 쳐들면 늙은 우체부 아저씨가 커다랗게 웃으며 서 있곤 했다. 햇살에 부셔 반쯤 눈감고 바라보면 아저씨 눈가에서 주름살이 부챗살처럼 활짝 펴졌다. '옜다!' 내미는 하얀 편지 봉투엔 '군사우편' 소인이 찍혔다. 군대 간 큰오빠의 편지라는 건 내용을 보지 않아도 알았다. 아이는 편지를 받아 들고 눈물을 글썽이면서도 환하게 웃을 엄마의 얼굴을 떠올리며 언덕을 치달렸다. 그리운 것들은 대개 흔적도 없이 사라졌거나 다시는 돌아오지 못할 시간 속에 있다.

추억은 그렇게 흑백사진 속에서만 오롯하다. 유년 시절은 가고 그 많던 사람들도 떠나고 없는 자리. 그리움만 남아서 다시 일상에서 걷어 올린 씨실과 날실을 엮어 삶을 직조하는 곳. 박물관을 나서서 마을을 뒤돌아보았다. 이곳도 탄광촌이었다. 고되고 아프고 막연했던 삶의 바람이

여기도 어김없이 불어오고 불어갔다. 흑백 사진 속의 검게 지친 검은 광부들이 골목길 담벼락 벽화 속에서는 밝은 색깔의 작업복과 헬멧으로 갈아입고 잘 가라는 듯 환하게 웃었다. 나는 차마 마주 보며 웃어주지 못했다.

타임캡슐에 묻은 마음

뜻밖이었다. 여기서 이렇게 아름다운 노을을 만나게 될 줄은 몰랐다. 계획에도 예상에도 없었다. 숨이 막혔다. 까닭은 알 수 없었다. 그저 지금껏 만났던 그 어느 노을보다 애절했다. 아름다웠다. 너무 아름다워서 차라리 슬펐다. 한 줄기 바람이 불어왔다. 땀에 젖은 살갗을 어루만졌다. 마치 한 생을 기다렸다 건너온 그리움의 손길처럼 애틋했다. 왜 이제야 왔냐는 원망일랑은 없었다. 가만히 앉아 먼 산을 물들이는 노을을 바라보았다. 문득, 유년의 어느 날이 떠올랐다. 어두워질 때까지 동네 아이들과 숨바꼭질을 하다가 집으로 돌아왔을 때, 집에는 아무도 없고 적막감

만 가득했던 기억. 가을이었던가. 한참을 뛰어놀고 난 뒤끝이었지만 약간의 한기를 느꼈던 것도 같다. 불을 켜야 할 시간이었을 텐데 집안에서 기어 나오는 어둠이 좀 무서워질 즈음, 그 어둠 속에 엄마가 앉아 있는 모습을 발견했다. 엄마는 말없이 나를 끌어당겨 불가에 앉혔다. 재를 덮고 있던 숯불이 발갛게 피어올랐다. 엄마의 얼굴이 드러났고 희미하게 미소를 지었다. 그때 엄마는 지금의 내 나이쯤이었을 텐데, 불빛에 어른어른 흔들리던 엄마의 미소가 왠지 알 수는 없지만, 어린 내 눈에 왜 그렇게 슬퍼 보였던지…. 그러나 그뿐, 엄마의 삶이 무척이나 고단하고 힘

들었을 거라는 이해는 아주 오랜 시간이 지난 후에야 겨우 하게 됐다. 아마도 그날의 그 어둠과 대비되던 발간 불빛의 온기가 엄마라는 존재의 위로와 안도감으로 치환된 기억이 더 강하게 작용한 탓이었을지도 모르겠다. 어떤 형상들은 그렇게 무한의 시공을 건너 각각의 다른 의미로 읽히기도 한다.

타임캡슐공원은 정선 새비재 고랭지의 능선 바로 아래 있다. 타임캡슐은 시간여행의 가장 안전한 장치다. 영화 <엽기적인 그녀>에서 여주인공이 타임캡슐을 묻었던 곳이다. 영화는 인기를 끌었고 때마침 한류 열풍을 타고 해외로 불어갔다. 알음알음 사람들이 찾아오기 시작했다. 그리고 이 소나무 밑에 영화에서처럼 자신들의 사연을 묻고 떠났다. 발길이 끊이지 않자 정선군이 이에 호응했다. 큰 비용과 시간을 들여 이곳에 타임캡슐공원을 조성하고, 소나무를 중심으로 12개월을 상징하는 별자리와 방사형 원형 블록을 설치했다. 타임캡슐 보관함이다. 이후로 타임캡슐과 소나무는 고원의 바람을 맞으며 사람들을 기다리고, 찾아온 그들의 소망과 함께 그들의 과거가 되고 미래가 된다.

영화의 마지막 장면에서 흐르던 캐논 변주곡과 함께 견우의 대사가 긴 여운으로 남는다.

"전 그렇게 그녀를 다시 만났습니다. 너무 우연이라고요? 우연이란 노력하는 사람에게 놓아주는 운명의 다리랍니다."

어떤 노랫말에 추억은 다르게 적힌다고 했던가. 우연이라는 이름으로 놓인 운명의 다리를 건너는 사람들의 기억도 저마다 다르게 적힐지도 모른다.

계단을 내려오는데 젊은 연인이 손을 잡고 올라오고 있다. 길을 비켜 주기 위해 나는 멈춰 서서 기다렸다. 아름다운 커플이다. 멀고 가까운 산 능선들이 그리는 곡선의 원근감을 배경으로 그들 또한 한 폭의 그림이 된다. 그들이 내게 묻는다. "위에 뭐가 있어요?" 위에? 순간, 시간의 묘한 어긋남을 감지한다. 그들의 미래가 될 시간이 내게는 이미 과거가 되었다는 자각. 그리고 내 과거는 그들의 미래가 된다는 어긋난 논리. 나는 거기서 무엇을 보았지? 하는 뒤늦은 인식이 나를 아득한 시간 속으로 밀어 떨어뜨리는 느낌이다. 나는 저 위 능선 너머에는 첩첩한 산들만 보았는데, 저들은 거기서 내가 보지 못한 '어떤 것'을 볼지도 모른다. 나는 대답한다. "올라가 보세요." 그들이 예쁘게 웃는다. 저들은 지금 사랑하고 있구나. 부디 그 시간 속에 오래도록 머물러 있기를! 나와 그들의 눈빛이 허공에서 비껴간다.

계단을 내려오면서 주문한다. 서로에게 온기를 나누어주는 불씨가 되어라. 동화의 아름다운 프레드릭*의 햇빛 같은 꿈이 되어라. 우리가 잃어버린 시간 속에 두고 온 한 조각 햇살 같은 이야기의 씨앗이 되어라….

약간 한기가 느껴져 카페에 들렀다. 카페는 과거의 상징인 암모나이트 화석과 미래의 상징인 비행접시를 결합하여 형상화한 조형물 안에 시계와 우주의 이미지로 꾸며져 있다. 아까 만났던 젊은 연인이 따로 떨어져 앉아 진지한 모습으로 무언가 메모를 하고 있다. 아마 타임캡슐에 넣어 보관할 그들의 과거와 미래일 것이다. 따뜻한 커피를 한 잔 들고 나는 그들에게 방해가 되지 않을 자리에 앉았다. 조그만 창을 통해 내려다 보이는 고원이 아득해 보였다. 지금 우리는 어떤 시간에 속해 있을까. 과거의 현재, 또는 미래의 현재 중. 아니면 시간 밖의 어떤 시간에 속한 건

- 옛날에 수다스러운 들쥐 가족이 살았다. 곧 겨울이 되기 때문에 작은 들쥐들은 옥수수, 호두, 밀, 짚을 모으기 시작했다. 쥐들은 모두 밤낮을 가리지 않고 일을 했다. 프레드릭을 제외하고. 들쥐들이 물었다. "프레드릭, 왜 일을 안 하는 거니?" 프레드릭이 말했다. "나도 일하고 있어. 나는 춥고 어두운 겨울날을 위해 햇빛을 모으고 있는 거야."

아닐까. '하루가 천년 같고 천 년이 하루 같다'는 말의 화두를 잡고 생각에 빠져 숲속을 걷다가 시간도 잊고 자신도 잊고, 저녁 타종 소리에 정신을 차려보니 세상은 이미 그가 살던 세상이 아니었다는 어느 전설 속 수도승처럼.

나는 기억의 상자를 열었다. 잊고 싶었던, 모르고 싶었던, 그래서 몰랐던 것처럼 외면했던 기억을 모두 꺼냈다. 슬픔, 아픔, 눈물, 원망 들이었다. 그리움도 있었고 기다림도 있었다. 나는 하나하나 먼지를 털어내고 다시 쌌다. 슬픔은 고원의 자유로운 바람으로, 아픔은 노을이 곱게 물든 구름으로, 눈물은 젊은 연인들의 환한 미소로 감싸고, 원망은… 내 부끄러움들로 겹겹이 둘렀다. 그리고 그리움과 기다림은 차곡차곡 접어

이 모두를 타임캡슐에 꾹꾹 눌러 담아 조심스럽게 묻었다. 어느 날 문득 시간이 나를 다시 여기에 데려다 놓을 때까지.

어느덧 노을빛은 검은 구름의 실루엣만 남기고 홀연히 사라지고 있었다. 바람결이 차가워졌고, 어둠이 내렸다. 하루 중 가장 쓸쓸해지는 시간이다. 고단한 여행자의 더딘 발걸음에 습기처럼 젖어 드는 고독의 시간이다. 때때로 길을 잃으면 바람의 갈피에서 의미를 읽어야 할 침묵의 시간이다. 나는 어둠이 짙어질 때까지 그곳에 앉아 밤으로 지워지는 풍경을 가만히 지켜보았다.

셋

백전리에서 물한리까지

잊힌 기억을 안고 돈다

투명한 바람과 햇볕이 닿으면 주변의 풍경이 모두 마법을 일으키는 곳이 있다. 백전리 물레방아 앞에 섰을 때의 인상이 그랬다. 몇 해 전에 와 보았을 때는 가파른 산비탈 아래 물레방아와 물레방앗간이 나란히 서 있는 모습은 빛바랜 풍경 사진 같았다. 가까이서 들여다보았다. 물레는 무성한 이끼가 수초처럼 자라 발을 옭아 매여 꼼짝 못 하는 수형자 같은 몰골이었다. 그런데 몇 년 새 지금은 신데렐라의 호박 마차의 바퀴처럼 금방이라도 날아갈 듯 생명이 넘쳐 보였다. 말 한 마디 건네도 부서져 버릴 것 같던 낡은 지붕은 한결 단정해졌고 한겨울 깊은 눈이 쌓여도 끄떡

없겠다. 주변의 풍경도 그랬다. 이미 계절은 가을의 문턱을 넘어섰는데도 봄날의 새싹처럼 연녹색 잎들은 볕을 받아 반짝였고, 푸른 풍경 속으로 달려가는 고갯길에서 금방이라도 누군가 방아를 찧기 위해 짐수레를 끌고 내려올 것만 같았다.

저릅지붕을 이고 서 있는 백전리 물레방아는 현재 국내에 남아있는 물레방아 중 가장 오래되었다. 첩첩산중의 산골 마을에서 산을 개간해 밭농사를 지었던 화전민들이 130년 전인 1890년 무렵에 만들었다고 했다. 그렇지만 방앗간은 원래 통나무집이었는데 태풍에 망가져 1992년에 새로 지었단다. 순수 목재만 사용하여 만든 물레방아는 재래식 물레방아의 원형을 완벽하게 유지한 채 필요하다면 지금 당장이라도 기운차게 돌며 방아를 찧을 것 같았다.

이 물레방아는 백전리와 한소리의 주민들이 방아계를 조직해 만들었다. 이 일대에 모두 6기의 물레방아가 있었다는데 지금은 백전리 물레방아밖에 남아있지 않다. 예나 지금이나 물은 풍부하지만, 물레방아 위로 물이 흐르기만 할 뿐 방아를 찧지는 않는다. 문화재로 지정되면서 물레방아가 훼손되지 않도록 막아놓았을 것이다. 어쩌면 집은 사람이 살아야 망가지지 않듯 물레방아도 예전처럼 물레를 돌려야 더 오래 수명을 잇지 않을까.

백전리는 지금도 산촌의 정취를 고스란히 간직하고 있는 마을이다.

잣나무가 많아서 백전이라고 했다. 어린 시절 집 앞산에 잣나무가 많았다는 걸 기억한다. 한겨울 눈이 많이 내리면 소나무보다 잎이 풍성한 잣나무에 유독 소복소복 눈이 쌓이고 또 쌓인다. 그 모습이 좋아서 마냥 쳐다보다 보면 마치 내가 크리스마스카드 속에 들어간 듯한 기분이 되곤 했다. 잣나무들이 많은 백전리의 설경은 다른 곳과는 또 많이 다르겠다. 나뭇가지 위로 눈이 쌓이면 세상은 온통 흰빛으로 빛나고 눈 그늘 밑의 나무 밑동은 짙은 어둠일 테다. 길옆 산자락에 깃들여 사는 주민들의 시간은 몇십 년 전의 풍경 그대로 타임머신처럼 멈춰 서 있겠다. 길 위에서 바라보는 산촌의 집들이 정겹다. 눈 쌓인 낮은 처마 밑에는 잘 말린 장작들이 쌓여 있고, 굴뚝에서는 푸른 연기가 피어오르는 정경. 눈 내린 풍경은 언제나 그렇듯 포근하고 따스한 그리움이다.

또 다른 기억

언젠가 우연히 지나다 백전리에 들어섰던 적이 있다. 백전리 물레방아 이야기를 어디선가 들었던 기억 때문이었다. 가을이었던가. 담이 없는 길가 어느 집 마당가에 과꽃이 흐드러지게 피어있었다. 흰색, 붉은색, 보라색, 분홍색… 아주 오랫동안 보지 못했던 꽃이다. 주춤주춤 다가가서 쪼그리고 앉아 들여다봤다. 텃밭 가에 묶여 있던 누렁이도 호기심 가득한 눈으로 지켜보기만 할 뿐 사납게 짖어 나를 쫓아내지는 않았다. 나는 누렁이가 묵인한 허락을 받고 앉아, 주인이 있는지 없는지도 모르는 고요한 마당가에서 꽃들의 이야기를 들었다. 아주 먼 옛날얘기였다.

여름이 다 지나간 어느 날, 어스름이 지는 저녁이었다. 한 사내가 찾아들었다. 부엌에서 저녁 설거지를 마치던 어머니가 인기척에 밖을 내다보았다. 땅거미는 어느새 사내의 이목구비를 다 지우고 있었다. 낡은 군복에 모자를 눌러 쓴 사내였다. 목소리는 젊어 보였고 말씨는 공손했다. 하지만 나이는 가늠할 수 없었다. 가방이나 짐도 없었다. 그때는 가난해도 날이 저물 때 찾아드는 나그네를 문전박대하지 않던 시절이었다. 그는 마을에 방앗간이 어디 있는지 물었다. 어머니는 의아했다. 빈손으로 금세 어두워질 텐데, 방앗간은 무슨 일로 찾는지 되물었다. 사내는 망설이다가 겨우 대답했다. 먼 길을 가는데 하룻밤 자고 가려고 한다고. 어머니는 그 말에 대답 대신 식사는 했는지 물었다. 당연히 그는 며칠째 굶은 상태였다. 어머니는 그를 툇마루에 앉으라고 하고 이미 식기는 했

지만, 식구들이 먹고 남은 저녁밥을 차려 그에게 내다 주었다. 호롱불도 들고나와 처마에 걸었다. 사내는 고개를 숙였다. 그제야 어머니는 그가 나병 환자라는 걸 알게 됐다. 어머니는 당황했지만 내색하지는 않았다. 그리고 물레방앗간이 있긴 하지만 지금은 추울 테니, 곡식을 말리는 빈 방을 가리키며 거기서 자고 가라고 일렀다. 다음 날 이른 아침 어머니가 나왔을 때는 잠을 잔 흔적도 없이 사내는 떠나고 없었다. 그가 떠난 자리엔 마분지에 연필로 꾹꾹 눌러 쓴 편지와 신문지에 꼬깃꼬깃 싼 꽃씨가 놓여있었다.

군대에서 병을 얻어 집으로 돌아가는 길입니다. 사람들과 마주치지 않으려고 걸어서 갑니다. 길을 골라 가다 보니 이곳까지 오게 됐습니다.

며칠을 굶었지만 누구에게도 구걸은 할 수 없었습니다. 고맙습니다. 은혜 잊지 않겠습니다. 가진 게 없어 이거라도 두고 갑니다. 꽃씨입니다. 제 어머니가 좋아하시는 꽃입니다.

이듬해 꽃씨는 싹을 틔웠고 갖가지 색의 꽃을 피웠다. 과꽃이었다. 어머니 같은 꽃. 과꽃은 이후로도 이곳에서 아들을 기다리는 어머니의 그리움처럼 해마다 피고 또 피며 먼 길을 내다본다. 그렇게 옛날의 애틋한 사연은 그리운 사람들의 가슴에 남아 시간여행을 한다.

이상하고 아프고 슬픈

화암동굴 이야기

화암동굴에 도깨비가 산다. 지하 깊은 동굴 속이다. 그곳은 현기증 나게 가파른 계단 365개를 무사히 통과해야만 도달할 수 있다. 좀 쉽게 가려면 주문을 외우면 될까.

이상하고 아름다운 도깨비 나라
방망이를 두드리면 무엇이 될까

금 나와라와라 뚝딱 은 나와라와라 뚝딱

도깨비는 우리 민족 정서에 깊이 뿌리 내린 친근한 캐릭터다. 순진하고 장난기가 많아 사람에게 골탕 먹이기를 즐긴다. 심술궂은 장난을 쳐도 악귀처럼 사람을 해치지는 않는다. 꾀가 없고 순진하여 영악한 인간에게 잘 속아 넘어가기도 한다. 약이 올라 실수를 만회해 보려고 하지만 번번이 인간을 돕는 꼴이 되고 만다. 어찌 보면 세상 나쁜 인간보다 오히려 도깨비가 훨씬 인간적이다. 그래서 도깨비가 사람들과 어울린 세월도 동굴만큼 오래된 것 같다. 도깨비를 만나러 갈 차례다.

동굴은 한마디로 타임머신 같다. 수억 년에서 수만 년 나이를 간직한 동굴 속은 시간을 거슬러 자연이 생성된 배경과 자연의 장엄함을 볼 수 있기 때문이다. 하지만 화암동굴에선 마냥 신비와 경외감만을 느낄 수는 없다. 그러기 전에 우선 만나야 할 사람들이 있다.

과거로 가는 시간의 터널을 지나 흰옷 입은 사람들을 만난다. 그들의 흰옷에 암흑이 배어 새까매진 삶의 애환을 들여다본다. 암흑의 세계. 금빛을 찾아 동굴 속을 헤매며 깊숙이 더 깊숙이 파고 들어가야만 만나게 된다는 '노다지 궁전'. 그러나 그 '노다지'는 우리 조선 사람은 '손도 대지 말라'는 침략자들의 엄포였다. 순수한 백성이던 그들에겐 나라가 없었다. 빼앗긴 나라에선 숨 쉬는 것도 힘든 노동이었고 슬픔이었고 아픔이었다. 그래도 살아야 했다. 어둠을 캐내고 빛을 찾아 동굴 속을 파헤쳤

다. 위험을 무릅쓴 노역은 허황한 꿈이 아니라 생존의 방법이었고 수단이었다. 그런데도 그들의 삶은 어둠에서 벗어나지 못했다. 가난하고 힘없는 나라의 슬픈 백성이었기 때문이다.

정선지방에 분포된 산호 동굴, 용소동굴, 매둔동굴 등, 많은 동굴은 오랜 세월 침식작용으로 발생한 석회동굴이다. 화암동굴은 일제강점기엔 금을 캐내던 천포광산이었다. 1934년 석회암 동굴이 발견되었다. 금광 갱도 하나가 무너졌다. 광부들은 칠흑 같은 어둠 속에서 어마어마한 공간과 만났다. 불을 밝혔다. 그곳에는 세월과 물과 석회암이 빚은 아름다운 세계가 펼쳐져 있었다. 하지만 금은 그곳에 없었다. 금맥 없는 종유굴은 무가치한 동굴이라 버림받았다. 천포광산은 해방과 함께 폐광됐다. 주민들은 1980년까지 띄엄띄엄 개인적으로 금을 캐다 팔았다. 1990년대 들어 바로 그 무관심했던 종유굴이 사람들의 이목을 끌었고, 현재는 국가지정 천연기념물로 승격됐다. 금광보다 종유굴의 가치가 더 높게 역사에 기록된 것이다.

박종인의 <땅의 역사>를 보면, 화암동굴에 얽힌 몇 가지 이야기가 눈길을 끈다. 1929년 미국 뉴욕 증시 폭락을 시작으로 세계는 경제 불황 늪에 빠졌다. 돈의 가치는 바닥으로 추락했고 금값은 치솟았다. 군수물자를 수입하던 제국주의 일본은 식민 조선에 대대적인 금광 개발을 시작했다. 그해 농사는 대풍이었지만, 조선 농민들은 팔 곳 없는 쌀을 버리고 금광으로 들어갔다. '황금에 미친' 시대가 닥쳐왔다.

그 미친바람을 제대로 탄 이가 있었다. 평북사람 김정숙이란 사람이었다. 1896년 평원에서 태어난 김정숙은 열다섯 살에 시집을 갔다. 남편은 금광꾼이었다. 금을 찾아 헤매는 남편을 따라 팔도를 두루 돌며 이리저리 땅을 팠다. 그러다 흘러흘러 정선에 있는 천포광산으로 왔다. 그런데 8년 만에 이곳에서 금맥이 터져버렸다. 1932년 일이다. 누구나 노다지 얘기를 하던 시절이었다. 김정숙은 성공한 금광꾼으로 큰 화제가 되었다. 2년 뒤 김정숙은 이가 갈리게 고생한 금광을 팔아치우고 금광의 역사에서 사라졌다. 매각 금액은 20만 원이었다. 지금 돈으로 240억 원이다.

김정숙으로부터 천포광산을 매입한 회사는 '소화광업'이었다. 총독부

가 펴낸 '광구 일람'에는 소화광업 사주 이름이 '박춘금'이라 적혀 있다. 박춘금. 1949년 혁신출판사라는 곳에서 펴낸 저자 미상의 '민족정기의 심판'이라는 책에는 박춘금을 이렇게 소개하고 있다. "경남 1891년생. 동족 학살을 기도한 악귀"라고.

소화광업 사장 박춘금은 뼛속까지 친일파였다. 경남 밀양 사람인 박춘금은 어릴 적 일본으로 건너가 주점 심부름꾼을 하면서 일본말을 배웠다. 관동대지진 때 조선인 시체를 청소하면서 일본인 눈에 든다. 이후 제대로 된 친일 행각을 벌여나갔다. 동족에게 온갖 패악질을 일삼던 박춘금은 해방 직전 전국 반일·항일 인사 30만 명을 처형할 계획이었다. 일본은 태평양전쟁에서 패했고, 해방 후 박춘금은 일본으로 도망갔다. 1963년 잠시 귀국했을 때 한다는 말이 "독립국이 된 조국에 돌아와 떳떳하다"였다. 박춘금은 1973년 죽어서 유족이 몰래 고향 밀양에 묻었다. 1992년 일한문화협회라는 단체가 송덕비를 세웠다. 2002년 이를 알아낸 밀양 시민들이 비석을 파괴했다. 2006년 무덤 위로 도로가 나고 무덤도 사라졌다. 땅이 기억하는 화암동굴에 얽힌 사연이다.

까만 물 흐르는 길을

사북의 노래

소녀는 사북에서 살았다. 아버지는 갱도 입구와 화약고를 지키는 광산의 노동자였다. 소녀는 사북초등학교를 다녔고 시를 쓰는 선생님을 만났다. 검은 땅에 검은 물이 흐르는 곳에서 선생님은 아이들에게 세상엔 잿빛과 검은색만이 아닌 빛나는 색들도 있다는 것을 보여주었다. 소녀는 자라면서 다른 세상을 꿈꾸었다. 어릴 적 검은 물이 흐르고 폐석탄이 쌓인 검은 산을 보며 온통 회색의 공간이었던 사북에서 선생님이 쥐여준 밝은 빛깔의 세상이었다. 수십 년이 지나 그때의 소녀는 자라, 1997년 폐암으로 세상을 뜬 스승의 시, '아버지 걸으시는 길을'을 '막장'이란 곡으로 노래를 부른다. 그 시대의 아픔과 절망과 희망을 동시에 안고 걸어간 선생님과 아버지와 그리고 모든 아버지들에게 바치는 노래였다. 슬프고 가난하고 춥고 어두웠지만, 꿈을 쥐여준 사북에 대한 추억과 그리움을 자신에게 각인하듯 노래를 불렀다.

> 빗물에 패인 자국 따라
> 까만 물 흐르는 길을
> 하느님도 걸어오실까요.
> 골목길 돌고 돌아 산과 맞닿는 곳
> 앉은뱅이 두 칸 방 우리 집까지
> 하느님도 걸어오실까요
> 한밤중,
> 라면 두 개 싸들고
> 막장까지 가야 하는 아버지 길에
> 하느님은 정말로 함께 하실까요.
>
> 임길택 〈아버지 걸으시는 길을〉 중

사북은 노동자의 땅이었다. 석탄이 사람보다 귀하게 취급받던 시절. 숨 쉬는 것조차 노동이었다는 땅. 폐 속에 검은 탄가루를 한 움큼씩 담은 채 살아가려면 알코올은 독이 아니라 약으로 삼키던 사람들의 땅. 사북이라는 막장의 도시에서 살았던 그녀가 가슴 속에 노래의 씨앗을 심었던 땅이었다. '한밤중, 라면 두 개 싸 들고 막장까지 가야 하는 아버지 길에'도 희망은 있었을까.

나는 사북에 오기 전에, 김남일의 소설 <사북장 여관>에서 사북을 먼저 만났다.

그때 사북은 비 내리는 반공 영화의 무대처럼 온통 새카만 색깔이었다. 저탄장이며 석탄을 실어 나르는 화물열차 차량과 작은 광차들…. 마을을 조금만 벗어나면 산 중턱 어디서나 시커먼 아가리를 벌리고 있던 갱구를 쉽게 목격할 수 있었다. 그리고 그런 산비탈에 아슬아슬하게 달라붙어 있는 판잣집들. 개울은 당연히 새카맸고, 여름에도 산은 전혀 푸르지 않았다. 무엇보다 사람들이 그랬다. 갱부든 갱부의 아내든 갱부의 아이들이든 하나같았다. 나이 들어 진폐가 드러난 갱부는 막장 안보다 나을 게 없는 판잣집 한켠 골방에서 온종일 밭은기침을 토해냈고, 아직 병들지 않은 젊은 갱부는 밤마다 막소주에 삼겹살로 목에 낀 탄가루를 씻어냈다. 선탄 작업을 하는 갱부의 아내가 남편보다 더 깨끗할 이유는 없었으며, 그건 엄마 없이 학교에 가야 하는 아이들도 마찬가지였다. 말하자면 사북은 전혀 다른 시간을 살고 있었다.

전혀 다른 시간. 그 시간은 막장 속의 시간이었다.

막장, 절망처럼 새까만 어둠

막장에서 살아나온 사람들은 증언한다. 힘들 것은 각오했다. 수십 미터 땅속인데 그것도 생전 처음 하는 일인데 왜 아니겠나. 숨쉬기도 힘들다는 얘기도 수없이 들어서 알고 있었다. 탄광에서 일하다 사고로 다치거나 죽은 사람이 어디 한둘이던가. 그마저도 극복할 문제라고 여겼다. 그런데 뜻밖에도 정작 힘든 것은 '어둠'이었다. 새까만 어둠. 아무것도 보이지 않았다. '암흑'이란 게 이런 거였구나. 육중한 공포가 사방에서 무섭게 움직이는 벽처럼 다가왔다. 아이들이 표현한 '시'에서처럼 그곳은 '어두운 좁은 길'과 아무것도 보이지 않는 캄캄한 곳, 오직 '온갖 소리만 있는 곳'이었다. 그래도 살아야 했다. 살아내야만 했다. 그랬던 막장이 문을 닫을 때 사람들은 절망했다. 더는 갈 곳이 없다는 게 그 이유였다.

석탄을 채굴하는 막장은 보통 수백 미터, 심하면 수천 미터 지하로 내려가 있어 계절에 상관없이 섭씨 30~37도를 오르내렸다. 습도가 90퍼센트에 달해 체감온도는 40도를 넘나들었다. 조금만 몸을 움직여도 땀이 비 오듯 쏟아져서 몇 번이고 작업복을 짜 입어야 했고, 장화 안은 땀이 고여 질척거렸다. 어디 이뿐일까. 막장 안에서는 '숨 쉬는 것조차 노동'이었다. 발파 후의 자욱한 분진과 쉴 새 없는 곡괭이 삽질로 막장 안은 항상 탄가루 범벅이었다. 식사도 용변도 막장 안에서 해결했다. 밥을 먹는 건지 탄가루를 먹는 건지 헷갈릴 정도였다. 그렇게 목숨 걸고 치열하게 살아도 생활환경은 열악하기만 했다.

MINE
나는 산업전사 광부였다

나는 체험장의 650갱 속으로 빨려 들어가면서 동굴 입구를 내다본다. 금세 입구의 빛은 어둠에 잠식되며 하얀 점으로 밀려나다 이내 사라진다. 순간 폐쇄 공포 같은 미세한 공포감에 사로잡힌다. 깜깜한 단어들이 순간적으로 머릿속에서 뒤엉킨다. 막장, 죽음, 암흑, 암전, 절망.... 불과 600m 정도일 뿐인데, 이건 엄살이다. 사잣밥이라는 별명을 가진 도시락을 싸 들고 하루하루가 마지막 날인 것처럼 이곳을 들어왔던 사람들도 있었다. 그들은 삶을 그저 살았던 게 아니라, 수백 미터, 심하면 수천 미터 땅속에서 암흑을 견디며 살아내야 했다. 숨 쉬는 것조차 노동인 막장 안에서는 매 순간이 고통이었다. 나는 숨을 참으며 그들이 견뎌야 했던 시간 속에 잠시 머문다.

석탄유물보존관

사북의 역사는 투쟁의 역사다. 이곳은 과거를 불러내지 않고는 도저히 현재를 쓸 수 없다. 그래서 더욱 과거와 현재는 수시로 겹치고 교차한다. 사북역사의 지도를 바꾼 사건, 바로 1980년의 '사북항쟁'이었기 때문이다. 당시 언론들은 '무법천지 사북' '광부들의 폭동' 등 사실과 진실은 외면한 채 자극적인 헤드라인으로 1면을 채웠다. 사북항쟁 당시 탄광 노동자들의 분노가 노조로 쏠린 것은 자연스러운 일이었다. 노동자들의 처우는 아랑곳없이 회사 편에 서서 자기들 뱃속만 불리는 어용노조에 대한 분노의 표출이었기 때문이다.

1980년 4월 사 측과 결탁한 노조의 임금협상 전횡에 광부들은 극렬한 저항으로 사 측에 맞섰다. 매년 100명 이상의 사망자가 발생했을 정도의 위험한 작업환경과 탄광회사의 비인간적인 착취에 맞선 광부들의 노동항쟁이었지만 당시에는 소위 불순분자들이 개입한 난동으로 간주했다. 사북의 광부들은 폭도로 매도됐으며 노사 합의 이후에도 극심한 지역사회의 갈등으로 번져나갔다. 광부들과 주민은 굴복하지 않았다. 투쟁은 고통스러운 과정을 겪었지만 헛되지는 않았다. 결과는 3.3투쟁과 주민운동의 뿌리가 되었고, '사북석탄유물보존'이라는 대업을 이룩한 힘이 되었다.

옛 동원탄좌 본관 건물이었던 사북 석탄유물보존관 전면에는, 빗물에 얼룩지고 바람과 햇빛에 바랜 채 여전히 환하게 웃는 광부의 얼굴이 그려진 벽화와 '나는 산업전사 광부였다'는 투박한 글씨가 벽면을 가득 채우고 있다. 나는 산업전사 광부였다! 이는 사북의 석탄유물보존관의 정체성을 대변하는 유일한 '한 마디'며, 슬프고 아픈 시대를 관통한 광부들의 삶 전체를 함축한다. 그뿐만 아니라 제 명이 다하던 순간의 모습 그대로 멈춰서 붉은 녹물을 흘리며 서 있는 수직갱 타워 뒤로, 역시 붉게 녹슬고 부서진 채 늘어서 있는 탄차들, 그리고 탄가루를 뒤집어쓴 채 검게 퇴색하고 부식된 통제구역의 건물이 있다. 방치된 듯하지만 '일부러 그대로 둔' 이것들은, 이대로 지나온 20년보다 더 많은 세월이 흘러도 여전히 지금처럼 현재로 남아서 치열했던 삶의 역사를 증언할 유적지고 유물이다.

동원탄좌는 우리나라 최대의 민영 탄광이었고, '사북항쟁'의 치열했던 현장이었다. 설립 후 42년 동안 광산에서의 삶은 사람이 견딜 수 있는 극한의 상황을 모두 겪어낸 후 결국은 그 문을 닫았다. 탄광 노동자도, 이 땅을 물들였던 검은 땅도, 검은 물도 사라졌다. 남은 것은 멈춘 탄차와 높이 솟은 수직갱, 녹슬어가는 기계, 깨진 유리창과 더불어 당시 광부들이 실제로 사용하던 1,600여 종의 유물 약 2만여 점이 전시실을 가득 채우고 있다. 광부들이 막장의 어둠 속에 쪼그리고 앉아 살기 위해 먹어야 했던 양은도시락부터 작업복, 장화, 헬멧, 랜턴, 채탄하던 삽, 곡괭이는 물론 매몰사고 때 쓰던 각종 구조 장치와 거대한 착암기까지. 탄 더미 가득한 비탈 판잣집 관사와 루핑집에서 힘겹고 고단한 노동으로, 또

뜨거운 공동체로 살아가던 탄광촌 마을 사람들은 이제 다 뿔뿔이 흩어졌지만 그들의 삶 자체였던 이 물품들만 이곳에 남아서 그들의 삶을 생생하게 증언한다.

마지막 남은 탄광촌의 흔적, 골말

"겨울이었는데 동네가 허허벌판이고 굉장히 추웠어요. 당시 도사곡 내려가는 곳 제일 끝자락에 살았는데 문고리를 만지는 손이 들러붙을 정도였죠. 그때는 번듯한 집이 없었어요. 판잣집이거나 루핑집이 대부분이었어요. 광부들이 계속 늘어나니까 구석구석에 무허가 건물을 엄청나게 지었거든요. 제대로 된 집은 1972년에 새마을 사택이 생기면서죠."

사택은 대부분 흙벽 슬레이트 건물이었다. 나무 위에 흙벽을 바르고 시멘트를 덮어 벽을 세우고, 그 위에는 인조 돌판인 슬레이트를 지붕으로 씌웠다. 세대마다 한 장의 시멘트 벽돌 벽으로 나뉘어 있고, 천장은 칸막이도 없이 얇은 합판으로 이어져 있어 방음이 전혀 되지 않았다. 화장실도 사택별로 설치된 공동화장실을 30~40세대가 함께 사용했다.

기록에 의하면, 1974에 지은 중앙사택의 내부구조는 대문과 현관이 따로 없이 부엌문이 곧바로 골목길과 접해 있다. 부엌문을 열고 들어서면 한 평 남짓한 공간에 찬장, 물통, 쌀통 등이 비좁게 자리 잡고 있으며, 한쪽 구석에는 연탄이 쌓여있고, 부뚜막 좌·우측에 2개의 방으로 드나드는 발판이 놓여있다. 두어 평이나 됨직한 방에는 낡은 캐비닛과 자그마한 경대, 14인치짜리 TV 1대가 자리 잡고 있고, 벽에는 식구들의 옷가지가 어지럽게 걸려 있다.

불편한 것이야 많지만 이만한 사택이라도 차례가 오지 않은 사람들에 비하면 얼마나 다행이냐며, 불편을 털어놓기에 앞서 '다행'이라는 말을 강조하는 '당첨된' 이의 말에서 당시의 생활환경을 짐작하기에 충분하다.

한때 고한 사북지역을 시로 만들자는 공론까지 있었다. 그만큼 유입된 인구가 많았다. 14만이나 되던 인구의 90퍼센트 이상이 탄광 근로자와 그들의 가족이었다. 그러다 폐광 이후 인구는 불어나던 속도로 빠르게 줄어들었다. 검은 풍요는 길지 않았다. 삶의 끝이라고 불리던 어둠 속 막장이었지만, 광부들에게는 꿈으로 향하는 유일의 통로였을 것이다. 탄광은 사라졌다. 탄광에 목숨줄을 대고 삶을 펼치던 검은 마을 탄광촌 사람들은 떠나야 했다. 빈집들이 무너졌다. 목숨 걸고 고생하며 생계를 꾸려가던 '산업의 역군' 광부의 가족들은 또다시 소외되었다. 돈이 몰리고 탄광이 흥청거릴 때도 그들은 결코 중심이 아니었다.

"갑자기 한 3년 사이에 지역 공동화 현상이 일어나기 시작했어요." 심을보 초대 공동추진위원장의 증언이다. "한때 제일 참담하고 가슴 아팠던 것은 아침에 자고 일어나면 같은 반 아이가 이삿짐 싸서 부모랑 떠나는데, 아이들이 서로 손잡고 눈물을 흘리고.... 그냥 보고 넘어가기에는 너무 가슴 아픈 광경이었어요. 자고 나면 떠나고, 자고 나면 떠나고. 아이들은 아이들대로, 어른들은 어른들대로 울고 붙잡고 헤어지고, 이렇게 하다 보니까 동네가 사실상 텅 비게 된 거야. 집들이 비기 시작하니까 귀신 나올 것 같이 을씨년스럽고, 아, 안 되겠다. 이렇게 갑자기 폐광을 시키면서 정부에서는 아무런 대책도 없고, 안 되겠다. 이 참담한 현실을 알려야겠다고 굳게 다짐했다"는 거였다.

'갑자기'는 아니었을 것이다. 단지 그렇게 되지 않기를 바라는 마음이 더 컸을 것이다. 왜 아니겠나. 사북은 살기 위해서였다. 살기 위해 싸웠던 사북 항쟁의 중심인 사북광업소와 사북역사의 투쟁을 기록한 '뿌리관'이 된 동원탄좌 복지회관, 안경다리, 사북역 등 추억의 자락들을 내국인카지노 시설로 내주었다. 사북 아이들이 물 색깔을 까맣게 칠했던 지장천이 맑아졌고, 광부의 '밥'이고 '삶의 끈'이던 '오염물질' 탄재는 오래전에 없어졌다. 그러나 사북의 삶은 크게 나아진 것 같지는 않다.

그동안의 노력으로 환경은 한결 쾌적해졌다. 그러나 '한판 벌이러 온' 외지인들이 버리고 간 고급 승용차들이 수풀 속에 잠들어 있는, 골말의 풍경은 압축 자본주의의 영광을 떠받친 이면의 속살을 들여다보는 것처럼 불편하고 아프다. 아직도 떠나지 못한 사람들. 남은 집 공터에는 떠날 사람들의 미련처럼 옥수수 콩들이 자라고 감자꽃이 하얗게 피어 있었다. 여기도 이제 곧 마지막으로 철거되어 '탄광문화촌'이 새로 조성될 거라는 이야기를 듣는다. 그렇게 사람들이 떠난 뒤에도 이 땅의 태양은 다시 떠오르고, 남은 사람들은 여전히 이 땅에서 희망을 품고 새로운 계절을 맞을 것이다.

멀고도 아득한 성

이상한 일이었다. 멀리 거리를 두고 보았을 땐 가까워 보였는데, 가까이 다가가면 오히려 더 멀어졌다. 입구에서부터 헤맸다(그곳이 입구였는지도 정확히 모르겠다). 분명히 표지판의 화살표를 따라갔는데도 다다르면 막다른 곳이거나 다른 길이었고, 어렵게 돌아서면 바로 길을 잃어버렸다.

사실 사북은 처음이었다. 사북에 오기 전엔 폐광지대, 사북 항쟁, 탄광촌, 한때 폭발적인 인구증가로 시로 승격할 뻔했던 산중도시, 그리고 갑작스러운 공동화 현상을 비집고 들어선 강원랜드카지노와 그에 따른 부작용이 만들어내는 막연한 이미지가 전부였다. 그러나 그것만으로는 많이 부족했고 실재는 그보다 낯설었다. 어수선하게 뒤엉키듯 불쑥불쑥 튀어나온 숙박업소와 마사지업소들, 도로변으로 즐비한 전당포들은 현재 삶의 얼굴이겠으나, 좁은 길에 차들은 넘치는데 시장에는 사람들이 없었다. 상점에도 식당에도 마찬가지였다. 더 낯선 것은 이런 그들의 삶을 내려다보며 군림하듯 산 위에 우뚝 버티고 선 성채 같은 강원랜드의 모습이었다. 어쩌면 내 첫인상과 선입견이 불러일으킨 조화인지도 모른다.

오래전 마지막 남은 광부들의 삶을 대면했던 르포기사 한 대목을 들여다본다.

동원탄좌와 강원랜드는 묘한 대조를 이룬다. 어둠 속에 묻힌 동원탄좌를 조롱하듯, 탄좌를 내려다보며 강원랜드는 강렬한 빛을 뿜어댄다. 2003년 4월 들어선 카지노가 점점 '괴물'이 돼 가는 동안, 광부들의 삶은 점점 초라해지고 있다. 강원랜드가 탄광 노동자와 폐광지역 경제를 살린다는 말이 허구였다는 사실도 드러났다. 광부들과 지역민들이 살아남기 위해 '독약 먹는 심정'으로 유치한 카지노는 고용 창출 면에서나, 지역발전 면에서나 '사북인들'에겐 접근 불가능한 '성채'다.

광부들은 카지노를 오르지 않는다. 그들에게 카지노가 세워진 땅은 아직도 한 때 8백 세대의 광부들이 살았고, 그 아들딸을 가르친 초등학교가 있던 삶의 터전일 뿐이다. 빚내서 놀음하다 패가망신하는 것, 외지인들에게나 가능한 이야기다. 그 터전을 잃은 노동자들은 길을 내려가고, '한판 벌이러' 온 외지인들은 고급세단을 타고 길을 오른다. 내려가고 오르고…, 사북의 주인이 바뀌고 있었다. ('마지막 탄광노동자들에게 바치는 송가' 이문영 기자)

강원랜드. 정확히 표현하자면, 강원랜드는 법인명이고 2007년 6월 '하이원리조트'라는 브랜드로 지금은 널리 알려졌다. 아마도 카지노 때문일 것이다. 강원랜드는, 국내 유일의 내국인 카지노인 데다 이 시설에 대한 사회적 편견이나 부정적 사건 때문에 강원랜드 대신 하이원리조트를 복합레저타운의 면모를 내세우려고 했다. 기존 카지노 시설에 더하여 스키장을 비롯한 다양한 레저문화 시설을 확충해 '리조트'라는 이름에 걸맞은 사업 운영이 가능해진 현실적 이유도 이를 뒷받침한다.

강원랜드가 폐광지역에 법적 근거를 마련하고 들어서기까지의 과정에서 도저히 생략할 수 없는 강력한 사실 가운데 하나는, 모든 법적 근거 확보와 실제 공사의 진행에 있어 이 지역 주민들의 필사적인 사투가 있었다는 점이다. 1990년대 이후 이 일대의 삶은 황량하고 피폐했다. 폐특법만이 유일한 탈출구였고 법적 근거를 확보하고자 지역 주민들은 목숨 걸고 싸웠다. 대개의 싸움이 그렇듯 그 속에는 수많은 이해가 상충했고 중앙정부, 지방정부, 각 지역 기관과 단체 그리고 삶의 처지가 조금씩 다른 주민들 사이에 숱한 갈등과 반목이 있었다. 그 여진은 사북과 고한 일대에 지금도 아득하게 번져 있다.

그렇기는 해도 카지노라는 산업 형태는 다른 대안을 찾기 어려울 만큼 절박했다. 이 산업에 대해 공인된 도박이란 오랜 관념이 있고 또 이를 극복하고자 건전한 게임이란 설정으로 도덕의 균형을 맞추려는 노력도 있었지만, 지역주민에게 그 같은 개념의 긴장은 오히려 말장난일 뿐이었다. 어쨌든 중요한 것은, 지역주민들에게는 선입관이나 이미지에 있어 카지노보다 더 꺼림칙한 방사능 폐기물처리장까지 유치하려고 했던 생존의 열망뿐이었다.

탄광도 카지노도 없던 옛날부터 전해 내려오던 말이 있다고, 내국인 카지노 유치를 위해 앞장섰던 사북의 한 어른은 말한다.

“‘사북이란 곳에는 까마구 백 년에 학이 천 년’이라 했어. 학이 천 년 산다. 증말 한 50년 까마구 아녀? 새카마니까네 거 까마구 맞었잖애? 학이 천 년이면, 저 깨끗한 데 사람들이 하니까네 학이란 말여. 천 년 한다니까네. 오래 하겠지. 내국인 카지노가 딴 데 안 생기고 요만 있다고 하면 오래 간다고.”

지역의 생존을 위한 절박한 바람이었다. 그러나 지역주민의 바람과 강원랜드의 꿈은 처음부터 동상이몽이었을까. 20년이 지난 지금, 지역 어른들의 뜻은 어긋나게 흐르고 있다는 분위기가 역력했다. 20여 년 전 폐광지역 지원 특별법을 제정하라며 정부를 압박했던 한 시민단체 관계자는 잘못된 결정이었다며 “폐광지역을 왜 꼭 카지노로 살리려 했는지 후회된다”고 털어놨다면 그만큼 이제까지의 과정에 얽힌 부작용과 마음고생이 컸다는 뜻일 터이다.

강원랜드라는 이 멀고도 아득한 성 앞에서, 어떻게든 견디거나 극복하며 살아가고자 하는 사북의 삶과 묘하게도 닮은, 백 년 전 체코의 한 유대계 소설가 프란츠 카프카의 머릿속에서 나온 이야기를 읽는다.

마을의 큰 길은 성이 있는 산에 가까이 다가가는 듯하다가, 마치 일부러 그런 듯 구부러져 버렸다. K는 어디에서도 원치 않는 토지 측량사로, 성에서도 인정하지 않고 마을에서도 받아들이지 않는다. 그토록 성에 도달하려고 애쓰지만 그의 노력은 제자리만 맴돌 뿐 아무런 진전이 없다. 그는 이제 이전까지의 자기 존재를 포기하고 오직 성에 대해서만 생각하지만 파고들면 들수록 도리어 성은 그에게서 더 멀어진다.

이야기는 미완으로 끝난다. 소설가의 마지막 작품이었기 때문이다. 하지만 그가 죽기 전에 대화를 통해 그의 작품 구상을 전해들은 브로트라는 사람에 의하면, 결말은 다음 같이 예정되어 있었다. 즉, 주인공 K가 기력이 다하여 죽어갈 때, 성 당국으로부터 통지를 받는다. '마을에 거주하겠다는 K의 요구를 수용할 수는 없지만, 사정을 참작하여 그곳에 살면서 일하도록 해 주겠다'는 내용이다. K는 이 통지를 받은 다음 죽는다는 것이다.

문득 아득해진다. 바로 그랬다. 나는 비로소 익명으로서의 K(유독 K만이니셜로 등장한다)의 기분을 이해하게 된다. 그가 겪는 확실성과 불확실성, 희망과 불안, 이성과 비이성을 경험하면서, 부조리하고 엉클어진 세계에서의 투쟁은 마치 이해가 불가능한 생존의 본질에 맞섰던 사북이 겪어온 삶처럼 보였다면 지나친 비약일까.

고한의 골목길이 달라졌다

고한읍 행정복지센터에서 내려다본 고한읍 시가지는, 협곡을 가르며 지장천 맑은 물이 흘러내리고, 천변을 따라 길게 마을이 이어졌다. 맞은편 산 중턱에 강원랜드 사원 숙소가 푸른 숲에 둘러싸여 있고, 그 아래로 먼 길을 달려온 기차가 잠시 숨을 고르는 역을 끼고 기찻길이 산허리를 두르고 지나갔다. 위에서 내려다본 마을은 한 마디로 정갈했다. 도로는 깔끔했고 원도심의 지붕들은 대체로 낮았다. 골목골목은 함부로 얽혀있지 않고 가지런했다. 그러나 아래로 내려와 들여다보면 느낌은 좀 달라진다. 그 안에는 살아온 세월만큼 실타래처럼 얽히고설킨 삶의 애환이 현재형으로 들어있기 때문이다.

고한이라는 지명은 조선 시대까지만 해도 고토일 지역과 물한리 지역으로 나뉘어 있었다. 고토일은 고려 중기 이래 유랑민들이 이주하여 화전 생활을 하던 곳으로 토질이 좋다고 해 고토일이라 했으며, 물한리는 울창한 산림과 시원한 폭포에 땀을 식힌다 하여 붙여진 지명이다. 옛 지명들은 이름 하나에도 서사가 있다. 지역의 통합과 편리를 위해 어쩔 수 없이 '고한'으로 축약했을 것이나 오히려 '고토일' '물한리' 같은 원래의 지명에서 자연환경과 더불어 살아간 옛사람들의 삶과 정서가 절로 읽힌다. 조금만 상상력을 확장하면 어느새 추억이 자라나고 아릿한 향수에 젖어 들게 되는 까닭이다.

고한의 골목길이 달라졌다. 주민들은 열네 해 동안 해마다 함백산이 품은 만항재와 만항마을 일대에 야생화들을 풀어 축제를 열었다. 그들은 이제 축제의 주인공인 야생화들을 마을로 이주시켰다. 함께 살기로 마음먹은 것이다. 마을과 골목길 어디서든 야생화가 마음껏 피어 사람들과 어울릴 수 있게 '야생화 요정들의 빛의 정원'을 꾸몄다. 그리고 골목마다 집집마다 사계절 야생화가 피고 지며, 외지에서 소문을 듣고 찾아온 사람들이 야생화를 찾아 골목길을 숨바꼭질하듯 즐길 수 있게 서로 돕기로 했다. 그렇게 변화의 바람은 밖에서부터 불어온 게 아니라 꽃잎이 피어나듯 안에서부터 활짝 피어났다. 기적의 시작이다.

똑같은 집들이 이마를 맞대고 있는 조붓한 골목길, 집마다 알록달록 꽃들이 얼굴을 내밀었다. 야생화가 마을 빈터마다 곳곳에 터를 잡았다. 기슭에, 언덕에, 아이들의 학교에, 골목길에…. 어둡던 골목길이 환해졌다. 골목마다 야생화가 피기 시작했다. 벌과 나비들이 빛을 따라 여행을 왔다. 낡아서 칙칙했던 벽은 아기자기하게 장식한 야생화들로 환해졌다.

소문은 바람을 타고 세상 밖으로 불어갔다. 다시 사람들이 찾아왔다. 멀리서 가까이서 찾아온 사람들은 푸른 숲과 아름다운 야생화에 둘러싸여, 도회지에서 쌓이고 치인 삶의 무게를 내려놓고 쉼을 얻고 몸과 마음을 치유한다. 여기서는 한 마을이 하나의 호텔이고, 주민들이 모두 동참한 터전은 그에 따른 부속 시설이다. 이곳은 기적의 공동체다. 기적은 모두가 불가능하다고 여길 때 가능하게 만들려는 끊임없는 노력의 결과다. 고한이 겪어온 지난 세월을 들여다보면 더욱더 그렇다.

고한은 유독 수해가 잦았다. 지금은 아무것도 남아있지 않고 동네 사람들의 텃밭이 되었지만, 다리 건너 산 위로도 광산촌이 있었다. 1979년 큰 수해가 마을을 덮쳤다. 피해가 엄청나게 컸다. 경일탄광 폐석 더미가 지장천 물길을 막았다. 협곡이라 지형적 영향도 컸고, 파헤쳐진 광산과 이로 인한 벌목으로 물을 가둘 기재가 없었기 때문이다. 그때 새로 생긴 마을이 고한 17리 수재민 사택촌이다. 집들의 구조는 다 똑같다. 겉만 살짝 바뀐 정도지만 예전 광산촌의 주택 모습이 그대로 남아있다. 대문도 담도 있어 본 적 없는 골목 집들 앞에는 깨끗하게 단장한 지금보다 더 오래전부터 플라스틱 화단이 벽에 바짝 붙어 앉아 야채와 꽃을 키우고 피웠다. '골목이 희망'이라는 현재의 꿈을 그때부터 꾸고 있었을까. 나팔꽃과 호박 덩굴이 어울려 벽을 타고 기어 올라 창틈으로 집안을 들여다본다. 거기서 무엇을 보고 있을지 궁금해졌다.

익숙한 일상에서 한 발짝만 벗어나도 인식의 시간은 다르게 흐른다. 나는 바로 그 시간을 '여행의 시간'이라 적는다. 어느 낯선 곳에서 우연히 아릿한 기억을 건드리는 작은 뭐라도 맞닥뜨리게 되면 시간은 현재가 아닌 다른 곳에서 째깍거리는 느낌이 든다. 가령 이런 것. 골목을 돌면 뒤에서 나를 부르는 나직한 목소리가 있어 뒤돌아보면 아무도 없는데, 걸음을 멈추게 하고 어둑한 담벼락에 기대어 눈을 감게 하는 것. 그 작은 무언가는 어두운 골목길에 비껴드는 햇살 조각일 수도 있고, 어느

집 창가에 놓인 작은 들꽃 화분이거나, 문득 마주친 담장 위에 앉아서 지켜보던 고양이의 눈빛일 수도 있다. 그렇게 유년의 기억이 부르는 소리를 듣게 된 날이면, 세상과의 긴긴 싸움에서 지쳐 쉬고 있지만, 오래된 골목길은 여전히 향수를 간직하고 있기에 소중하다는 것을 알게 된다. 그날 들고 다녔던 책에서 미끄러지듯 튀어나온 한 문장과 문장 사이, 단어와 단어 사이의 행간 덕분에.

고한의 골목엔 여인숙 같은 여관과 민박집들이 많았다. 강원랜드 카지노로 인해 사북과 함께 고한에도 장기투숙하는 사람이 많기 때문이라는 얘기를 듣는다. 갈 곳이 없어 눌러앉은 사람보다 떠날 수밖에 없어 떠났던 사람 중에, 세상 어디에도 정착하지 못하고 떠돌던 사람도 있었을 것이다. 탄광 막장밖에 갈 데가 없어서 왔던 사람들, 그 검은 하늘 아래서 피땀을 쏟아내며 하루하루를 견뎠던 사람들이다. 사연이야 어떻든

객지에서 피로에 지친 몸 뉘어 쉴 곳이 있다는 건 큰 위로이고 위안이다. 하루 이틀 작정하고 집보다 더 좋은 곳에서 편히 쉬겠다고 떠난 여행이 아니라면 약간은 어설퍼도 좋다. 조금은 불편해도 괜찮다. 더욱이 그리운 할머니 집 같은 옛날 냄새가 배어 있는 곳이라면 어디라도 편하게 잠들 수 있기 때문이다.

저물녘의 골목은 조금씩 옛 모습을 드러낸다. 어둠은 낮이 감추고 있던 삶의 뒷얘기를 조금씩 풀어놓기 마련이어서 나는 공연히 아릿하게 쓸쓸해지는 그 시간의 어스름이 좋다. 골목길 저 끝으로 사위어 가는 연탄 불빛 같은 노을이 질 때나 아직은 희미한 가로등에 불빛이 들어올 때면, 마치 잃어버린 시간을 만나려고 찾아온 것처럼 옛 모습을 간직한 작은 골목 식당이 그저 반갑다. '희망이란 부도난 어음을 꼬깃꼬깃 말아 쥔 채, 이 땅 마지막 불가촉 계급이 되어버린, 뒷모습과 앞모습을 구분할 수 없던 검은 사내들'의 지친 하루를 위로했던 곳이 아마 그런 골목 안의 오래된 밥집이 아니었을까.

오랫동안 객지를 떠돌다 돌아온 날 저녁 어머니가 차려 준 밥상에서 먹던 기름기 걷어낸 반찬들. 찐 고추, 가지나물, 산나물 무침이 전부지만 그것만으로 벌써 군침이 도는데, 뚝배기에서 끓어오르는 청국장찌개와 금방 해낸 듯 윤기가 흐르는 밥그릇 앞에서 마음은 이미 무너지고, 크게 한술 떠 입에 넣으며 그만 울컥 목이 메인다. 둥근 양철 테이블에 연탄불을 피우고, 밑반찬 몇 가지 내놓으며 어디서 왔냐는 일상적인 인사조차 괜히 뭉클해지는 저녁이다.

과거의 시간을 캐내다

삼탄아트마인

과거의 시간 속에서

정암사로 오르는 갈림길에서 오른쪽으로 돌아 굴다리를 지나면 울창한 숲 위로 높은 수직갱 탑이 보인다. 옛 삼척탄좌 정암광업소가 있던 자리. 삼탄아트마인이다. 궁금했다. 외관만으로는 감이 제대로 닿지 않았던 탓이다. 작정하고 먼 길을 왔다. 과거의 시간에 녹아든 광부들의 삶을 한 단면이라도 들여다볼 기회라고 여겼다. '함백산 자락 검은 황금을 품은 곳, 검은 땅 위로 야생화와 눈꽃이 피던 곳. 그 자리에 희망의 꽃이 피어

나고, 검은 석탄 물이 흐르던 화약고 골짜기에 이제 예술의 열정이 흐른다'는 이곳. 삼탄아트마인.

여기서 가장 인상적인 공간은 탄광의 중심시설이었던 쇠락한 조차장이다. 조차장이란 수직갱, 레일, 석탄 차, 컨베이어가 유기적으로 움직이던 채탄 현장. 광부들은 여기서 육중한 철탑에 설치한 권양기 줄을 타고서 하루 400여 명씩 지하 600m까지 내려가 탄을 캤고, 이렇게 캐낸 석탄은 끌어 올려져 석탄 차에 실어 운반했다. 탄광의 조차장이야말로 탄광의 심장이나 다름없는 공간이었다. 삼탄 조차장의 아름다운 가치는 '그대로 내버려 두었다'는 것만으로도 충분했다. 산업 시대 유적으로서의 의미도, 쇠락한 거대함의 미적 느낌도 그냥 그대로 둠으로써 얻어진 것들이다. 온통 검은 탄가루에 '인차'와 '광차'는 폐광 당시 멈췄던 그 자리에 서 있고, 바닥에 뒹구는 갖가지 공구나 헬멧까지도 폐광 당시 그대로다. 거대한 수직갱의 철 구조물과 강철 로프, 녹슬어가는 레일과 움직이지 않는 컨베이어…. 깨진 창으로 들어온 빗물에 싹이 튼 들풀과 나무가 자라고, 건물 외벽의 높은 창에서 탄 더미의 깊은 어둠으로 햇살이 선명하게 사선을 그으며 쏟아진다. 이 모두 그대로 하나의 거대한 예술작품이다. 아무것도 손대지 않은 이 공간에 '레일바이뮤지엄'이란 이름을 붙인 것도 바로 이 때문일 것이다.

미술관 외부에는 지하갱도로 자재를 운반하는 거대한 도르래와 지하 채굴 지역에 맑은 공기를 공급하던 수직갱 시설도 있다. 함석판으로 이은 아치형 돔은 권양기 운전실이었던 듯하다. 낡고 녹슨 기계시설이 과거의 시간 속에 멈춰 있고, 작업준칙이 빼곡하게 적힌 안내문은 한쪽 구석에서 두껍게 먼지를 덮고 있다. 들여다보면 구석구석 어느 곳도 사연 없이 박제된 갈피는 없다. 녹슨 기계도, 떨어진 전선도, 쓰이길 기다리다 멈춰버린 시간 탓에 포장도 벗기지 못하고 방치된 부품도, 그 위에 쌓인 먼지까지도…. 그래서 더욱 그 시간과 함께 멈춘 손길들이 애틋하다. 그래서 더욱, 군데군데 녹슬어 떨어져 나간 함석판들 사이로 밝은 햇빛을 끌어들인 나뭇잎과 연초록의 풀잎이 눈부시다.

기억의 공간

'노다지의 꿈'을 품고 탄광으로 온 사람들.... 그들이 떠나고 난 뒤의 흔적, 아무리 지우려 해도 지워지지 않는 탄가루처럼 잊히지 않을 흔적의 공간이다. 폐광은 박제된 곳이 아닌 살아 있는 공간이며, 무한히 잠재된 기억을 캐내어 새로운 시간을 만들어 갈 창조의 광산이다.

한때 3천여 명의 광부들이 24시간 탄을 캐내던 거대한 광산이다. 녹슬어가던 삼탄이 문을 닫은 지 10년여 만에 미술관으로 옷을 갈아입었다. '삼탄아트마인'이다. 미술관은 탄광의 흔적을 그대로 두고, 그 안에 깃든 광부들의 치열했던 삶의 모습 또한 그대로 둔 채 여기에 예술을 들였다. 폐탄광이 미술관이라니, 당치도 않은 듯하지만, 고철이 된 장비와

깨진 유리창, 녹슨 레일의 쓸쓸한 흔적은 그것만으로도 훌륭한 오브제였다.

삼탄아트마인은 폐광의 기억과 예술의 경계를 수시로 넘나든다. 이를테면, 철제 책꽂이를 놓아두고 1963년 채탄이 시작되던 때부터 2001년 폐광 때까지의 월급 지급 명세서, 이력서, 사고기록, 소송관계철 등 광업소의 서류들을 쌓아두고 매달아 두었다. 이게 그대로 '문화유산'이란 제목의 설치미술 작품이다. 관람객들은 누구나 마음껏 서류를 꺼내 당시를 들춰볼 수 있도록 해놓았다. 또 광원들이 장화를 씻던 세화장 바닥의 발판은 세월이 지나며 분실될 때마다 하나씩 교체되어 모양이 제각각인 격자무늬가 묘한 조화를 이루고, 광부의 신부들이 실제로 대물림하여 빌려 입던 웨딩드레스를 활용한 설치작품을 전시하여, 광부들의 작업복과 신발의 때를 벗겨내고 새로운 삶을 향해 새로 태어나는 의미를 담았다는 설명이다.

추억과 상처. 버려짐과 쓸쓸함. 바로 그거였다. 고한 사북, 폐탄광에서 만나는 건 이런 종류의 뭉클하고도 독특한 미감이다. 여기에 40년째 끓는 국밥을 말아내고 있는 골목식당에서, 떠나지 못한 사람들만 남은 진공의 공간처럼 적요한 마을에서 듣는, 흥청거리던 탄광촌 전성기의 추억담에 현재진행형의 탄광촌 풍경을 얹는다. 가난과 누추함이 진흙처럼 신발에 달라붙던 시절, 어디 꼭 탄광뿐일까. 들어보면 그때는 사는 일이 다 전쟁과도 같았다. 시간의 태엽을 돌려 낡은 앨범 속의 오래된 흑백사진 속 풍경을 들춰보는 일. 누구나 그러고 싶을 때가 있지 않을까. 그래서 때론 가슴 저 밑바닥에 슬픈 짐승처럼 웅크리고 있던 기억이 불쑥 일어나 오히려 현재를 위로하는 그런 날이 그리워지기도 하는 것처럼.

시간을 캐는 사람들

석탄은 2억 년이 지나야 만들어진다고 한다. 그래서 광부들은 2억 년의 시간을 캐는 사람들이다. 잊혀가는 광부들의 이야기를 캐내어 그들을 살아 숨 쉬게 한다는 것이 삼탄아트마인의 정신이다. 그래서 이곳은 그들의 이야기를 캐내려 과거로 떠나는 시간여행이다.

폐광이 빚어내는 미적 감각은 격이 다르다. 헤드랜턴 하나에 의지해 지하의 깊은 어둠 속으로 내려가 탄을 캐던 사람들의 고단한 삶의 감동이 거기 있기 때문이다. 쇠락한 폐광의 공간은 탄 먼지로 어둡고 칙칙하지만, 한때 거기서 일했던 광부들의 단단한 근육과 삶은 어둠 속에서도 작게 반짝거렸을 것이다. 캐낸 석탄의 많고 적음에 좌우되는 성과급의 고된 노동과 하루가 멀다고 터지는 낙반 사고와 매몰 사고에 대한 두려움, 가장의 안위를 바라는 가족들의 근심, 동료와 가족을 잃은 자들의 탄식이 거기 깃들어 있다. 생계를 위해 탄광의 막장까지 흘러들어온 광부들은 '딱 3년만'이란 다짐 속에서 작은 희망으로, 때로는 무거운 체념으로 이 깊은 수직갱 속의 어둠을 드나들었을 것이다. 그렇게 3년이 지난 뒤에도 대부분의 사람이 탄광을 떠나지 못했다는 건 자명한 일일 터다.

그리고 아트센터로 활용하는 광업소 본관에는 광부들이 사용하는 목욕탕이 있다. 갑방, 을방, 병방의 3개 조가 8시간마다 교대할 때면 일을 끝낸 광부들은 다들 안도 속에서 여기서 몸을 씻었다. 폐광이 미술관으로 탈바꿈하면서 목욕탕의 널찍한 공간에 미술가들이 수백 장의 엑스레이 사진을 둥글게 말아 늘어뜨려 놓았다. 거기에 진폐증 진단서와 가불통지서, 사망진단서 등을 붙였다. 가공되지 않은 다큐멘터리로 만들어낸 설치미술인 셈이다. 그 앞에서 느껴지는 건 생계와 바꾼 서늘한 공포, 그리고 막다른 골목, 체념…, 이런 것들이다. 막장의 삶에 대한 막연한 애잔함이, 여기서는 당시의 광부들이 맞닥뜨렸을 구체적인 두려움이 가슴 서늘한 현실감으로 다가온다.

수직갱 주변을 돌아서 미술관 뜰을 걷는다. 보도블록 틈새로 함부로 자라난 풀들이 산책로를 따라 설치된 붉게 녹슨 철제 조형물들과 어울려 묘한 분위기를 연출했다. 나는 돌아갈 시간임을 인지하면서도 과거의 시간에서 아직 빠져나오지 못하고 있었다. 고대의 유물처럼 보이는 중세기사 조각상이 출입문 양쪽에 서 있는, 빈티지한 느낌의 레스토랑 건물과 문설주 위에 걸린 832L이라는 수수께끼 같은 숫자를 마주했기 때문이다. 이곳은 탄광에서 사용하는 장비와 기계를 제작하거나 수리하던 공장이었고, 숫자는 탄을 캐내던 갱의 이름이었다는 건 나중에 알게 된다. 그 순간은 단지, 어둠이 서린 실내에 높다란 천정의 창에서 흘러드는 빛줄기가 거대한 선반과 낡은 기계 장비 등이 변신한 와인 진열대와 조형물 위로 내려앉는 모습에만 정신을 빼앗겼다. 마치 탄광 이전의 시간부터 그 자리에 있었던 것 같은 분위기였다. 과거와 현재의 시간이 어느 순간 교란을 일으킨 것처럼. 나는 한동안 그 자리를 뜨지 못했다.

천 년의 고찰 정암사

정암사는 천 년의 고찰이다. 정암사에는 대웅전이 없고 적멸궁이 있다. 석가모니의 진신사리를 모신 적멸궁은 '부처님이 열반에 들어 항상 머물러 계시는 궁전'이라는 의미로, 수미단에는 불상이 없고 방석만 있다. 부처님의 진신사리를 모셨기 때문인데, 부처의 진짜 몸이 있으니 따로 상을 만들 필요가 없는 것이다. 하지만 부처님의 진신사리는 이곳이 아닌 적멸궁 뒤편 수마노탑에 봉안되어 있다. 자장율사가 수마노탑을 만들면서 금탑과 은탑도 세웠다는데 지금은 찾을 수 없다. 후세 중생들의 탐욕을 우려해 신통을 부려 안 보이게 했다는 이야기가 전해진다.

我常住於此

정암사는 불교도들에게 이름난 성지로서 전국의 사부대중은 물론이고, 인근 지역을 지나던 사람들의 발길도 붙잡는 사찰이다. 그러나 자장율사의 입적 후 정암사는 역사에서 천 년 동안 드러나지 않는다. 그 까닭은 무엇보다 지리적인 요인이 컸을 것이다. 해방 전만 해도 영월에서 200리를 걸어야 올 수 있었고, 호랑이를 만날까 두려워 이곳에 임명받은 관리도 지나길 꺼렸던 오지 중의 오지였다. 그만큼 수행자들에겐 비밀스러운 명당이었고, 자장율사도 그래서 이곳에 부처님의 진신사리를 모신 뒤 입적할 때까지 머물렀을 것이다.

그 옛날 정암사를 방문했던 정선 군수 오횡묵은 이렇게 쓴다.

'동구가 깊고 수목이 울창한데 한 줄기의 긴 시내가 깊은 골짜기에서 쏟아져 나온 것이 조계(曹溪)가 가까워진 것 같다. 무릇 시내는 하나인데 외나무다리 열한 번을 건너서 사문의 동구에 이르니 승려 몇 사람이 합장하고 맞아주었다.' 또한 '몇 번의 맑은 경쇠 소리가 갑자기 우화제천(雨花諸天)에서 완전히 속인으로 하여금 귀가 뜨이게 하고 홍진(紅塵)을 씻어버리게 한다.'

세월에 마모되고 사람들의 발길에 닳아 동구는 얕아지고 열한 번이나 건너야 했던 외나무다리는 없어졌지만, 맑은 경쇠 소리 여전하니, 꽃비 가득한 하늘에서 속인의 귀가 뜨이게 하고 붉은 먼지 씻어버리게 한다는 옛 선인의 마음에 세속에서 탁해진 마음을 살며시 기댄다.

수마노탑
긴 세월의 염원을 간직한

쏟아져 흐르는 석간수에 목을 축인 뒤, 산 중턱의 수마노탑으로 향한다. 사실 정암사를 찾은 것은 이 탑을 보기 위해서다. 계단이 꽤 가파르다. 걸음 하나마다, 흐르는 땀 한 방울마다 번뇌를 내려놓는다는 생각으로 천천히 오른다. 정암사 절집들이 까마득하게 내려다보일 무렵 훤칠한 탑 하나가 나타난다. 돌을 벽돌 모양으로 다듬어 쌓은 이 수마노탑에는 자장율사가 중국에서 가져온 석가모니의 진신사리를 봉안했다고 한다. 그러니 부처의 깊은 뜻과 자장율사의 원력이 함께 깃들어 있을 것이다. 탑을 한 바퀴 돌며 돌마다 밴 소망을 읽어낸다. 그중 가장 절실하게 가슴에 닿는 것은, 이곳 만항에 투박한 삶을 기댔을 광부들의 염원이다. 또 그들의 아내들의 비원이다. 암흑 같은 현실 속에서도 한 줄기 빛을 향한 희망을 끝내 놓지 못했을 그들이다.

탄광촌 여인들에게 정암사는 크나큰 의지처였다. 여기서 그들은 남편의 무사안일을 간절히 기도했다. 자신의 기도가 막장 안에서 일하는 남편을 지켜주길 바랐던 것이다. 사람들은 막장을 생과 사의 중간지점이라 생각했다. 막장 안에서 사고가 터지면 생보다 죽음의 기운이 더 짙은 곳을 밟아 사고가 일어났다고 여겼다. 그러니까 막장 안은 절대적인 신의 영역이라 생각했다. 탄광촌 여인들은 손이 닳고 입술이 마르도록 남편의, 자식의 안위를 위해 기도했다. 부디 그곳에서 길을 잃지 않고 가족의 곁으로 돌아오게 해달라고 간절히 빌고 또 빌었다. 그렇게 고된 삶을 이겨내며 자신의 마음을 위로받고 드러내지 못하는 속내를 털어놓음으로써 이생에서 짊어지는 삶의 무게를 조금씩 덜어낼 수 있었을 것이다.

사람은 떠나고 없지만 어느 한구석에 눈물 자국이 남아 있을지도 모른다는 생각에 자꾸 들여다본다. 탑 중간중간에는 풀과 나무가 손을 뻗어 허공을 더듬고 있다. 탑머리를 장식한 청동 꽃잎을 쳐다본다. 현기증이 인다. 이 높은 곳까지 벽돌을 나르고 탑을 쌓은 것이 우연이 아니었듯, 이 또한 인연의 소치인가. 바람이 고요하니 층층이 매달린 풍경은 달콤한 잠에 빠져 있다. 그 빈자리에 새소리 하나 들어와 살포시 앉는다. 방해가 될까 봐 살며시 물러난다. 걸음은 속세로 향하되 마음은 남아서 탑을 돈다.

적멸보궁
비었으나 꽉 차있는

어디를 둘러봐도, 태초의 시간에 홀로 선 듯 적막뿐이다. 적멸(寂滅)의 경지, 모든 번뇌를 태워버린 경지가 이러함을 뜻하는 것일까? 걸음은 익숙한 길을 찾아가듯 적멸보궁으로 향한다. 수마노탑에 석가모니의 진신사리(眞身舍利)를 봉안하고 참배하기 위해 세웠다는 법당. '번뇌가 사라져

깨달음에 이른 경계의 보배로운 궁전'이란 뜻을 가졌으니, 나 같은 범인에게도 무언가 가르침이 있을 터이다. 걸음에 경건한 마음을 더한다.

적멸보궁에 닿기 전에 발길을 잡은 것은 한 그루 주목이다. 참 이상한 일이다. 아무리 봐도 본래의 줄기는 죽어 있는데 그 틈에서 나온 가지들은 성성하게 뻗어 잎을 피웠다. 이게 무슨 조화인지. 설명을 보고서야 고개를 끄덕인다. 1300년 전 정암사를 창건한 자장율사가 주장자(주杖子)를 꽂아 신표로 남긴 나무인데, 오랜 시간이 지난 뒤 일부가 회생해서 성장했다는 설명이다. 천 년도 더 묵은 주장자가 살아서 가지를 뻗다니 신기하다는 말 외에는 설명할 만한 문장이 없다. 주목이란 나무가 '살아서 천 년, 죽어서 천 년, 쓰러져서 천 년'이라더니 여기서 이런 기적을 남겼구나. 어찌 모든 것을 논리로만 따져 물을 수 있을까. 소멸과 탄생이 각각이 아님을 알겠다.

'적멸궁(寂滅宮)'이라는 편액이 붙은 적멸보궁은 역시 비어 있다. 부처가 앉아 있지 않은 법당은 무언가 낯설다. 하지만 텅 비어 있으니 또 가득 차 보인다. 착시 때문만은 아닌 것 같다. 부처님이 여기 앉아 있지 않으니 온 누리에 있겠구나. 깊이 허리 숙여 합장한다. 돌아서 나오는데 마당가에 함박꽃이 환하게 피어 있다. 적멸의 끝에 한 송이 꽃이 필지도 모른다는 생각이 머리를 맴돈다.

자장율사와 정암사

자장은 일찍 부모를 여읜 뒤, 홀로 깊은 산에 들어가 수행에 전념했다. 조그만 집을 가시덤불로 둘러막아 몸을 조금만 움직여도 가시에 찔리게 하였고, 끈으로 머리를 천장에 매달아 정신의 혼미함을 물리칠 정도로 치열했다. 임금은 재상의 자리가 비어 그를 기용하려 했으나 부름에 응하지 않았다. 하지만 불교가 전래한 초기라 아직 체계가 잡혀있지 않았던 시절이었다. 자장은 계법을 갖추는 일이 중요하다고 생각했다. 그는 636년 당나라로 건너갔다. 산서성 청량산에서 명상하던 중 불교에서 지혜를 상징하는 문수보살을 만났다. 그리고 동북방 명주(지금의 강릉)에서 문수보살을 친견하라는 말과 함께 진신사리를 받는다. 절을 짓고 수행하던 중 꿈에 당나라에서 보았던 중이 나타나 바닷가 솔밭으로 나오라 했다. 문수보살이 있었다. '태백산 갈반지에서 만나자'는 말을 하고 문수보살은 사라진다. 태백산으로 들어간 자장은 큰 구렁이들이 나무 아래 서로 얽혀있는 것을 보고, 그곳을 갈반지라 여겨 645년 석남원을 지었다. 이곳이 정암사다.

부처님의 진신사리를 수마노탑에 봉안하고 정암사에 머물며 문수보살을 기다리던 자장에게 어느 날, 다 떨어진 누더기를 입은 늙은이가 죽은 개를 삼태기에 싸 들고 와 자장을 만나겠다 했다. 시중이 호통을 쳐도 막무가내였다. 자장 역시 미친 사람으로 여겨 쫓아냈다. 그러자 늙은이는 '남을 업신여기는 교만한 마음이 있는 자가 어찌 나를 볼 수 있겠느냐' 탄식하며 사라졌다. 그 늙은이가 바로 문수보살이었다. 자장이 바로 뒤를 쫓았으나 벌써 멀리 사라졌고, 자장은 그 자리에 쓰러진 채 세상을 떠나고 말았다.

넷

아우라지 물길 따라 동강 끝까지

꼬마기차의 마지막 행선지

구절리역

한 쌍의 여치가 사계절 푸른 꿈을 꾸는 곳. 여기는 기차도 오지 않는 구절리역이다. 이곳에서 꾸는 '여치의 꿈'. 문득 저들의 꿈은 뭘까, 궁금해진다. 저마다의 희망을 안고 이곳으로 흘러들어왔던 옛사람들의 꿈을 저들이 대신 꾸고 있을까. 사람들이 모두 떠나고 고요해진 구절리역에서 밤새 떠돌며 꿈을 좇는 것은 물소리, 별소리, 바람 소리뿐일 테다. 다시 아침이 오면 혈관의 피가 돌듯 역무원이 오고 카페 종업원이 나와 지난밤 여치 부부가 사랑한 꿈의 흔적을 빗자루로 쓸며 하루를 시작하지 않을까. 상상의 길을 찾다 나는 굽은 산길을 조금 더 들어가기로 한다.

길은 협곡 사이로 난 물길을 따라 꼬불꼬불 이어진다. 그야말로 구절양장이다. 산은 더 높아지고 계곡은 더 깊어진다. 산모퉁이를 막 돌아서다 느닷없이 폭포와 맞닥뜨린다. 비가 온 뒤라 물줄기가 착시를 일으킬 만큼 장쾌하게 쏟아진다. 오장폭포였다. 간혹 이렇게 어느 초행길에서 마주치는 탄성의 순간이 좋다. 여행의 또 다른 매력이다.

오장폭포는 경사길이 209m, 수직높이 130m의 전국 최대 규모의 인공폭포다. 이 폭포는 탄광과의 인연으로 탄생했다. 당시 오장산에 위치한 광산으로 물이 스며들어 작업에 어려움이 생기자 산정의 물길을 인위적으로 돌려 흐르게 하여 생긴 폭포인 까닭이다. 사연을 듣고 다시 쳐다보니 생각이 많아진다. 이렇게 깊은 골짜기까지 사람들은 살기 위해 찾아들었다. 사람살이가 힘들고 어렵던 시절이었다. 그런 시절을 함께 건너온 자연이다. 쌓인 세월의 갈피 속에서 자연은 물줄기 하나, 나무 한 포기나 돌 한 조각까지 모두 사람들의 삶과 결을 함께 했을 터였다.

1950년대 후반부터 오갈 데 없는 사람들이 정선으로 흘러흘러 왔을 거라는 말은 틀리지 않을 것이다. 열 개 스무 개의 터널을 지나고, 열 개 스무 개의 깎아지른 협곡을 통과할 때, 그리고 고개를 젖혀야 하늘을 볼 수 있는 이곳에 도착했을 때 그들의 마음은 어땠을까. 일찍이 찾아온 이들은 초입의 함백, 사북, 고한에 자리를 잡았고, 뒤에 온 이들은 자미원 나전을 지나 구절리까지 들어와야 했다. 탄광촌, 그들은 이곳에서 검은 밥을 먹고, 검은 눈물을 흘렸을 것이다.

1974년까지 이곳은 아직 전기도 없는 막막한 오지 중의 오지였다. 그랬던 곳에 탄광의 문이 열리고 석탄을 실어내기 위해 철길이 놓였다. 전기도 들어왔다. 이후 정선의 다른 지역도 겪었던 것처럼 한때 이곳도 거주인구 3천여 명이 생활하는 곳으로 북적이기도 했다. 하지만 석탄산업 합리화정책의 바람은 이곳에 가장 먼저 불어왔다. 그 바람에 닫힌 문은 다시 열리지 않았다. 닫힌 문 앞에서 아무것도 할 수 없는 사람들은 꿈을 안고 찾아 들어왔던 길로 다시 떠날 수밖에 없었다. 주민의 수는 급속도로 줄어들었다. 적막해진 마을엔 사연들만 남아서 쓸쓸한 바람이 되어 한숨처럼 들고났다.

그 시절의 빛바랜 사진들을 오래 들여다보았다. 안개가 산허리까지 내려와 마을을 감싸 안은 풍경이 쓸쓸했다. 탄 물이 그대로 배어있는 검은 땅에 잡초가 어지럽게 자라고, 세 줄기의 녹슨 철길이 한데 모이며 산모퉁이로 돌아 사라지는 풍경. 산골 역 플랫폼으로 들어가는 문은 좁고 어두워 보이지만 그 너머에서 비쳐드는 작은 빛은 밝고 눈부시다. 그래서 더욱 입구의 작고 빨간 우체통은 마치 미지의 세계로 안내하는 메시지로 읽힌다. 푸른 하늘과 맑은 공기, 꿈과 행복이 기다리는 곳, 그곳은 정선선의 마지막 역, 구절리역이었다.

구절리역은 이미 오래전에 사라진 비둘기호가 마지막까지 찾아왔던 곳이다. 그리고 구절리역은 기차가 올 수 있는 가장 깊은 산간마을이었다. 비둘기호의 추억을 간직한 이 열차를 사람들은 꼬마기차라고 불렀다. 증산에서 출발한 이 꼬마기차는 느릿느릿 50km의 속도로 아름다운 절경 속을 달려 한 시간 만에 종착역인 구절리역에 정차한다. 기관차 뒤에 한 칸의 객차가 매달려 종종걸음치듯 철길을 달리며, 사람과 사연을 실어 나르는 모습이 한편 안쓰러우면서도 사람들은 이 기차를 사랑했다. 또다시 변화의 바람이 불었고, 이 꼬마기차는 2004년 9월부터 다시는 구절리역을 찾아오지 않았다. 아릿한 그리움으로 남은 채.

***

미처 다 못한 이야기들이 낙엽송 솔잎마다 촘촘하게 걸린다. 구절리에 가을이 진다. 노랗게 물들면서 진다. 구절리. 왠지 더는 갈 곳 없는 막다른 지점에 다다른 듯한 느낌이 든다. 뜬금없겠지만 만일 유년의 추억이 서린 이야기의 주인공이라면 이럴 때 어째야 할까. 꽉 막힌 문을 열고 들어가거나 오던 길로 다시 돌아서 나가는 수밖에 없겠다. 아니면 '열려라, 참깨!' 주문을 외거나. 그렇게 열린 세상이 동화의 세계나, 곤충들의 세계라면 어떨까. 문이 닫히면 다른 문이 열린다고 했던가. 정말 그랬다. 마법처럼 다른 세상의 문이 열렸다. 꼬마기차가 종종걸음치던 철길로 온몸으로 바람을 맞으며 레일바이크가 달린다. 풍경도 바뀌었다. 이곳은 송천계곡의 맑은 물과 푸른 숲, 기암절벽이 있는 동화의 세상이다.

이곳에선 길을 잃고 헤매다 발을 헛디뎌 곤충들의 마을로 들어온 것처럼 마을 곳곳에서 곤충캐릭터 인형들이 찾아오는 사람들을 기다리고

있다. 애벌레들이 사마귀를 몰래 쫓아간다. 눈치를 챈 사마귀가 갑자기 뒤를 돌아보면, 그들은 간곳없고 거기엔 어느새 당근, 고추, 오이로 변한 애벌레들이 시침을 떼고 서 있다. 설정이 재미있다. '무궁화꽃이 피었습니다.' 술래가 돌아보면 동작을 멈추던 우리의 어린 시절을 떠올리게 해 미소가 절로 피어난다. 소년 메뚜기 여리와 소녀 메뚜기 치치가 할아버지 연구소인 '유리온실'을 찾아가는 여정도 재미있다. 이곳에서 곤충들과 숨바꼭질하며 하루를 보낼 수 있겠다. 여치를 비롯하여 개미, 메뚜기,

무당벌레, 꿀벌과 나비 등, 동화 속 곤충들이 어떤 역할을 하는지 상상하며 산책을 한다. 그러다 보면 어느새 막막했던 우울은 사라지고 거짓말처럼 하루는 선물로 변해있다.

아우라지 아리랑

높은 산자락을 휘어 돌며 끊어질 듯 이어지는 물줄기를 닮아서일까. 정선아라리 가락은 다른 지역의 아리랑에 비해 유난히 구슬프고 애절하다. 정선아라리는 정해진 가사에 얽매이지 않는다. 창을 뽑는 사람의 감정을 자유자재로 담아 한없이 가락을 이어갈 수 있기 때문이다. 그렇게 부르는 아라리의 가사는 정선의 자연경관, 사랑, 시집살이, 궁핍한 살림살이, 노동 등 시대에 따른 삶의 애환이 담겨 때로는 시적이고, 때로는 해학과 풍자로 승화되어 고단한 삶의 위로와 화해가 된다.

아우라지는 정선의 여량에 있다. 여량은 예로부터 토질이 비옥해서 식량이 남아돈다고 하여 붙은 지명이며 아우라지는 두 갈래 물이 하나로 어우러진다는 뜻의 정선 말이다. 평창의 발왕산에서 발원하여 노추산을 휘돌아 나와 구절리를 거쳐 흘러내리는 송천과 태백산 연맥인 중봉산에서 시작되어 임계를 거쳐 정선 쪽으로 굽이쳐 흐르는 골지천이 한데 어우러져 아우라지 강을 만들었고, 이 강물은 또 북쪽에서 흘러내리는 오대천과 나전에서 만나 조양강이 되어 정선과 영월을 거쳐 남한강의 상류가 된다.

돌이 많은 지형인 송천은 강물의 흐름이 빠르고 힘차서 '숫물'이라 불렀고, 반면에 골지천은 느리고 순하다 해서 '암물'이라 불렀다. 옛사람들

은 풍수와 지리가 사람살이에 많은 영향을 끼친다고 생각했다. 두 물길이 합하는 것조차 암과 수의 결합이라 여겼다. 수강은 거칠고 암강은 유연하다 했던가. 사람들은 수강에 물이 많아지면 비가 많이 내리고 암강에 물이 많아지면 가뭄이 찾아온다고 생각했다. 이렇듯 아우라지는 예로부터 마을 사람들에게 음과 양의 오묘한 조화, 성적인 상상력을 불러일으키는 강이었다. 또한 수많은 사람들의 목숨을 앗아간 비극의 강이자, 많은 청춘남녀의 사랑을 갈라놓은 단절의 강이기도 했다.

아우라지를 배경으로 한 '정선아라리'의 노랫말이 수없이 전해 내려온 것도 이 때문이다. 정선아라리는 외진 산골에서의 생을 살아야 했던 정선사람들의 굴곡진 삶의 매듭을 한 올 한 올 풀어주는 한恨의 소리였

다. 첩첩으로 둘러친 적막강산에 묻혀 사는 외로움과 사무치는 그리움, 못다 한 사랑과 애틋한 이별의 아픔과 원망, 고달픈 시집살이에 대한 한탄 등 이루 헤아릴 수 없는 삶의 애환을 때로는 구성진 노랫가락으로, 때로는 의뭉스러운 농담과 해학적인 익살로 풀어낸 것이 바로 정선아라리다. 정선아라리에는 이별의 아픔과 사랑을 노래한 것들이 유독 많다. 그 가운데 아우라지가 배경으로 등장하는 '정선아라리'가 단연 백미로 꼽힌다.

아우라지 뱃사공아 배 좀 건네주게
싸리골 올동박이 다 떨어진다

떨어진 동박은 낙엽에나 쌓이지
사시장철 임 그리워서 나는 못 살겠네

물결은 출러덩 뱃머리는 울러덩
그대 당신은 어데로 갈라고 이 배에 올랐나

앞 남산의 청송아리가 변하면 변했지
우리 둘이 들었던 정이야 변할 리 있나

아리랑 아리랑 아라리요
아리랑 고개고개로 나를 넘겨주게

아우라지의 전설

옛날, 여량에 결혼을 약속한 남녀가 살았다. 동네에서 힘깨나 쓰는 떼꾼이었던 총각은 한양에 갔다 와서 결혼하자는 약속을 남기고 목재가 한가득 실린 뗏목을 타고 뱃길을 따라 흘러갔다. 당시 정선에서 나무를 베어 뗏목에 싣고 남한강을 따라 한양으로 옮겨 팔면 큰돈을 벌 수 있었다. 그런데 한 해가 가고 두 해가 저물도록 총각은 돌아오지 않았다.

마을 사람들은 필시 험한 물길에 휩쓸려 목숨을 잃었을 거라며 수군

거렸다. 하지만 처녀는 연인의 죽음을 인정할 수 없었다. 그래서 매일 아우라지 나루터에서 총각이 무사히 돌아오기만을 빌며 기다렸다. 그러다 기다림에 지친 처녀는 결국 강물에 몸을 던지고 말았다.

송천과 골지천이 어우러지는 여송정 앞에 서 있는 처녀 상은 이 처녀의 원혼을 달래기 위해 세워졌다고 한다. 그래서 사람들은 아우라지를 정선아라리의 애정 편 발상지라고 얘기한다. 이 얘기는 구전으로 전해오기는 하지만 매우 구체적이다. 뗏사공 총각의 이름은 전하지 않지만, 처녀의 이름은 박금옥이고, 그 처녀가 물귀신이 된 때는 1934년 8월경이라고 말이다.

그러나 사실 아라리의 근간을 이루는 전설 속의 이야기들은 아주 오래전에 일어난 한 비극적인 사건에 그 뿌리를 내리고 있었다.

1956년 음력 2월 6일에 벌어진 일이다. 그날은 송천 건너 유천마을에 살던 한 총각이 골지천 너머 20여 리 떨어진 고양리 처녀와 혼인하던 경사의 날이었다. 잔칫집에 마을 사람들이 몰려들었고, 초례를 치르던 중 괴이한 일이 발생했다. 갑자기 초례청의 수탉이 피를 토하며 쓰러진 것이다. 사람들은 불길한 징조라고 수군거리며 동요하기 시작했다. 간신히 혼란을 가라앉히고 별 사고 없이 잔치를 마쳤다. 그리고 신랑은 유천마을로 돌아가기 위해 신부와 하객들과 함께 나룻배에 올랐다. 신부는 가마 속에 든 채 나룻배에 태워졌다.

그날은 이상하게도 전날 비가 내리지도 않았는데 강물이 엄청나게 불어 있었다. 골지천과 송천 상류에서 눈 녹은 물이 얼음장과 함께 흘러내린 모양이었다. 위험하다 싶었지만 이미 잔치의 여흥에 흥건히 젖어 있던 사람들은 운행을 강행했고, 배는 급기야 나루터를 떠나기 무섭게 험한 물살에 휩쓸려 뒤집히고 말았다. 신부는 미처 가마 속에서 빠져나오지도 못한 채 물살에 휩쓸려 내려갔다. 잔칫집에서 한 잔 두 잔 얻어 마신 술로 얼큰하게 취한 하객들과 신랑도 마찬가지였다. 이날 신랑신부는 물론 하객들까지 포함해 모두 열한 명이 익사하고 말았다.

옛날에는 실제로 두 강이 합쳐지면서 물살은 세지고 수심은 깊어지는 아우라지에서 매년 익사 사고가 자주 발생했다. 그런데 1987년 정선 청년회에서 아우라지 강가에 처녀 동상을 건립해 세운 뒤로는 거짓말처럼 물에 빠져 죽는 사고가 안 일어났다. 이전까지 발생했던 익사 사고는 어쩌면 사랑의 열정을 제대로 피워보지 못한 채 스러져간 처녀의 원혼 때문이었는지도 몰랐다. 사람들은 처녀 동상이 그 처녀의 원혼을 달래줘서 더는 사고가 일어나지 않은 거라고 믿었다.

돌아보니 송천은 곧게 퍼지며 흘러내렸고, 골지천은 산굽이를 안고 마을을 휘돌아 흘러내렸다. 사람들이 의미를 두면 의미가 생기는 법이겠지. 혼자 속으로 고개를 끄덕였다. 송천과 골지천은 천생의 연인인 듯 그렇게 아우라지에서 반갑게 만나 한양까지 생사고락을 함께하며 아리랑 고개를 넘어간다.

정미소가 있는 풍경

새릿골어귀를 지나쳐 약간 경사진 마을. 나전역이 있는 남평의 '고갯마을'이다. 옹기종기 모인 묘지들을 품에 안은 솔숲의 아름드리 노송들을 따라 걷다가 들길에서 돌아섰다. 길옆으로 듬성듬성 옛 정취가 묻어나는 집들이 있고, 꿇어 엎드린 듯 낮은 지붕 밑 마당에서 들깨와 수수가 가을볕에 마르고 있었다. 비릿한 듯 고소한 들깨 향이 피어올랐다. 추수철이라 모두 논밭으로 나갔을까. 집마다 사람의 그림자는 보이지 않고, 가을볕만 녹슨 함석지붕과 울타리의 호박넝쿨을 타고 넘나들며 아른거렸다.

굽은 고갯길 중간쯤 작은 다리 건너에 방앗간이라 부르던 정미소가 있었다. 삼각형의 높은 지붕에 나무판자를 가로로 잇대어 벽을 두른 건물이었다. 켜켜이 묵은 먼지 같은 세월의 나이테를 고스란히 이고 있었다. 고요했던 마을의 정적이 그곳에 닿자 사방으로 흩어졌다. 검은 고양이 한 마리가 문턱에서 해바라기를 하다가 슬쩍 돌아서서 안으로 사라졌다. 소형 트럭이 곡식을 싣고 뒤따라 들어왔다. 기계 소리가 잠깐 가라앉았던 공기를 밀어 올리며 거친 숨을 토해냈다. 서로 안부를 묻는 아저씨 아주머니들의 목소리가 높아졌다. 곡식 자루가 내려지고 다시 실리기를 반복했다. 쏟아져 나온 왕겨를 쓸어 한쪽으로 밀어놓던 주인어른이 나를 향해 돌아섰다. 기계 소음 때문에 꽂았던 무선이어폰을 빼면서 무슨 볼일로 왔는지 눈짓으로 물었다. 선한 눈빛에 미소가 어렸다. 바쁜데 찾아와 폐가 되지 않을까 긴장했던 마음이 살며시 풀어졌다.

정미소의 역사는 깊었다. 1956년에 문을 열었다고 하니 60여 년의 세월이 쌓였다. 많은 이야기가 흘러나왔다. 정미소가 겪어온 세월, 마을 지명에 얽힌 이야기, 옛사람들의 생활과 음식의 맛, 되새겨야 할 옛 어른들의 정신, 메밀꽃 필 무렵의 촬영스토리까지.... 떠오르는 대로의 이야기는 넘치는데 시간은 빠르게 흘러갔다. 오랜 세월의 더께만큼 남루를 감추지 못하는 안쪽 헛간에 자꾸만 눈길이 갔다. 녹슨 함석으로 덧댔지만, 원래의 나무판자와 흙벽은 풍화되고 삭아서 곧 무너질 것만 같았다. 그런데도 이상하게 꼿꼿해 보였다. 후대에 전해야 할 게 많은 자존감 굳은 노인의 모습 같았다. 어른은 헐고 다시 지을까 생각도 했는데 고증자료로 남겨두기를 원하는 이가 있어서 그냥 두었다고 설명했다. 무엇에 대한 고증일까, 궁금증이 일었지만 거기까지는 시간이 허락하지 않았다.

만일 어떤 건물을 지탱하고 있는 기둥 하나 서까래 하나에도 혼이 깃들어 있다면, 그래서 주변을 스쳐 간 인연들과 사연들을 모두 기억한다면 어떨까. 그렇다면 왔다가 떠난 사람들의 삶의 갈피마다 스며들었을 기쁨과 슬픔, 아픔과 고통을 공감하는 마음으로 지켜보지 않았을까. 어쩌면 더 아프고 더 고통스럽게 기억하고 있지는 않을까.... 풀어진 상상만 이리저리 건물 틈새를 쏘다니며 지나간 세월의 갈피를 뒤적거렸다. 떨어진 나무판자 틈으로 저녁 햇살이 길게 스며들었다. 일어서야 할 시간이었다. 어느새 기계 소리도 멈춰있었다. 내 손에는 뽀얗게 도정한 수수쌀 한 봉지가 선물로 들려졌다.

호랑이와 수수떡

정선으로 올 때 비행기재를 넘었다. 비행기가 날아가고 없는 높은 봉우리 위로 구름이 자꾸만 모이고 흩어졌다. 뭔가 할 말이 있는 아이처럼 수줍게 꼬무락거렸다. 여기부터 정선이라고 말하는 건가. 정선에 오면 정선의 속도로 살아야 한다고 말하려는 건가. 붉은 수수밭을 지나는데, 그렇다는 듯 수숫대들이 우수수 온몸을 흔들었다. 이삭과 대궁과 잎사귀들에 성긴 붓으로 색칠한 듯한 붉은 반응을 보면서 어린 날 듣던 옛날얘기의 호랑이와 떡장수를 생각했다.

"떡 하나 주면 안 잡아먹지."

빈손이라 내어줄 게 없으니 이 산중에 갇혀야 하나. 떡장수는 안 잡아먹겠다는 호랑이에게 떡을 하나씩 던져주며 산을 넘어갔지만, 산은 계속 그 자리에 있고 호랑이는 언제나 먼저와 앉아있었지. 안 잡아먹겠다는 호랑이의 말을 애당초 믿지 말았어야 했을까. 우리는 사는 동안 얼마나 많은 호랑이에게 속으며 살고 있을까. 아마 떡장수는 알았을 것이다. 알면서도 속아주었을 것이다. 그렇게라도 해야 빨리 아이들에게 돌아갈 거라고 믿고 싶었을 테니까. 하지만 가난하고 힘없는 홀어미의 실낱같은 희망은 끝내 절망이 되고 말았다.

산을 내려오니 골골이 수수밭이다. 비탈의 뙈기밭마다 수수, 콩, 팥,

들깨, 조, 기장 등이 한데 어우러져 오후의 햇빛을 받아 붉고 노랗고 푸르게 색깔을 드러내고 있었다. 수수가 유독 붉었다. 호랑이의 피를 깡그리 쏟게 하고 그 피를 묻혀 두고두고 억울한 희생을 대신 기억한 것처럼. 그래서 약하고 힘없는 자의 마지막 희망을 대신 들어서 미리 액을 막아주기라도 하려는 것처럼.

만일 전설 이전의 전설을 이야기한다면 떡장수의 떡은 무슨 떡이었을까. 아마 수수떡이었지 않을까. 해와 달이 된 오누이의 고향도 이곳 정선이 딱 어울릴 것만 같다. 정선 어른들에게 젊은 시절 임계 고한은 물론 진부까지도 걸어서 다니던 기억이 고스란하게 남아있는 걸 보면. 산을 몇 개씩 걸어서 넘는 것은 그 시대의 일상이었다. 산을 오르내리면서 농사를 짓거나, 곡식을 지고 강릉이나 삼척에 나가 소금이나 짠 생선을 바꿔오려면 떡장수처럼 산을 넘고 넘어야 했을 것이다. 게다가 쌀이 귀한 정선에서는 오랜 옛날부터 잡곡을 이용한 떡을 주로 만들어 먹었다. 특히 붉은 수수는 귀신을 쫓는다고 믿어서, 아기 돌이나 정초에 수수팥떡을 만들어 이웃과 나눠 먹곤 했다지 않은가.

척박한 땅에서 춥고 고달프게 살아야 했던 사람들에게 무엇보다 위안이 됐던 건 음식으로 나누는 온기였을 것이다. 비록 미신이고 주술이라 할지라도 그로 인해 절망을 희망으로 바꿀 수 있다면 기꺼이 믿어주는 따뜻한 위안이었을 테니까.

올라오던 길을 다시 내려다보았다. 올라올 때는 몰랐던 '미너미길'이란 이름. 예전엔 이 길에서 수레를 끌면 뒤에서 누군가 밀어줘야만 넘어

갈 수 있었다는데. 어느 날은 이 길을 따라 '메밀꽃 필 무렵'의 또 다른 허 생원이 나귀를 끌고 소나기를 맞으며 돌아와 정미소 헛간에서 비를 피하기도하고, 또 어느 날은 이 길 너머 논두길을 따라 헛헛한 뒷그림자를 끌고 다음 장으로 떠나기도 했다는데. 그러나 이제는 수레도 시간 너머로 사라지고 길도 완만하게 닦인 데다 웬만하면 자동차로 이동하는 세상이 되었다. 요즘 사람들은 '미너미'라는 어감과 의미에 배었던 고단함과 땀에 젖은 정서도 잊은 것 같았다. 미너미길이라는 이름까지도 모두. 내려오면서 뒤를 돌아보았다. 높다란 함석 철문이 천천히 닫히고 있었다.

고택에서 차 한 잔의 여유

정선군청 앞을 돌아들면 아름드리나무 두 그루가 나란히 서 있다. 마치 무언가를 지키는 수문장 같다. 상유재 돌담 옆 진입로는 좁은데 주변에 차량은 늘 많았다. 차를 운전하면서 눈앞에 집중하느라 처음엔 나무를 보지 못했다. 정선 지리에 좀 익숙해진 다음부터는 조양강변 공용주차장에 차를 두고 걸어서 움직였다. 그제야 그곳에 그늘을 드리우고 서 있는 커다란 뽕나무가 보였다. 가치 있고 귀한 것들은 물리적 속도는 물론 마음의 속도까지 최대한 줄이고 천천히 걸어야 보인다 했던, 나름의 원칙을 조바심 뒤로 잠시 제쳐둔 게 민망해졌다.

말을 타고 다니던 시절 정선을 상마십리桑麻十里라고 했다던가. '높은 비탈길 돌고 돌아 말을 호통치고 가는데, 상마십리는 바로 황성荒城이구나…'라고 쓴 고려 후기의 문신 안축과, '뽕나무 숲을 헤치고 길을 찾았다'는 조선 후기의 정선군수 오횡묵이 바라본 정선 땅엔 뽕나무가 많았다. 예로부터 뽕나무는 우리 조상들의 생활과 밀접한 나무였다. 누에를 먹이고 명주를 생산하여 삼베와 함께 우리네 의식을 해결하는 데 중요한 역할을 했다. 그랬던 뽕나무가 600년이라는 수령을 지녔다는 것도 놀랍고, 사람들의 실용성에 의해서만 존재했던 나무가 아니라 정원수로 600년 동안을 살아있다는 게 한결 더 놀라웠다. 문득, 어디선가 읽었던 '나무는 저를 아껴주는 사람의 마음을 먹고 자란다'는 말의 의미가 현실감으로 다가섰다.

막힌 김에 쉬어간다는 말이 있다. 사실 가는 날이 장날이었다. 10월 4일. 아리랑제가 열리는 날인 줄 모르고 인근에 약속을 잡았다. 길을 나서다가 마침 축제장으로 향하는 거리행진에 갇히고 말았다. 정선군 내의 읍과 면 단위로 마을마다 자신들만의 특색을 내세워 꾸민 캐릭터들이 시가지를 행진했다. 우연히 마주친 행렬이 길을 가로막은 게 방해라기보다 오히려 내게 쉬어가라는 신호 같았다. 나는 버스정류장에 가방을 내려놓고 카메라를 꺼내 들었다.

흥에 겨운 풍악 소리와 함께 정선군의 모든 지역 주민들이 한데 어울려 펼치는 축제 행사였다. 남면은 '억새의 추억'을 캐치프레이즈로 내 걸었고, 임계는 '정선의 숨겨진 보배 사과'를, 사북은 '탄광 마을의 빛나는 봄'을, 고한은 '함백산의 야생화'를, 화암은 '과거와 현재 미래의 공존'을, 북평은 '정선의 토속음식'을, 여량은 '아우라지 처녀와 총각의 결혼식'을 각각 소개하며 행진을 했고, 정선읍은 '자연과 사람, 전통문화의 어울林'으로 행진의 마지막을 장식했다. 특히 북평의 전통음식과 여량의 아우라지 결혼식 풍경은 실제로 시골 마을 잔칫날처럼 풍성했다. 대형트럭 위에 펼쳐진 무대에서 각각 흰옷 입은 사람들이 탈곡하고, 방아를 찧고, 떡을 만드는 과정을 재현했으며, 그 떡을 주변 사람들에게 나눠주며 축제의 분위기를 고조시켰다. 잔칫날 아우라지 뗏목을 이끄는 잔치 꾼들도 이에 질세라 이웃에 술잔을 돌리며 흥을 북돋웠다. 한 시간이 즐겁게 흘렀다.

멀어지는 풍악 소리를 뒤로하며 카메라 가방을 집어 들던 손에서 무언가 툭 떨어진다. 아! 아까 행렬에서 벗어난 소녀가 살며시 끼워준 작고 하얀 봉투였다. 그때는 사진을 찍느라 고맙다는 말도 못 했는데, 열어보니 꽃씨였다. 화환을 머리에 쓰고 꽃바구니를 든 야생화 소녀가 주고 간 감동의 선물이었다.

옛 시간의 뜰에서 차 한 잔의 여유

전통한옥 상유재 고택의 대문은 활짝 열려있었다. 고개만 들이밀고 안을 기웃거렸다. 하얀 자갈이 깔린 마당 저편에 방문을 열어놓은 사랑채가 보였다. 가을볕이 아른거리는 처마 밑 뜰에서 현역에서 물러난 지게와 소가 밭을 갈던 쟁기, 절구와 맷돌, 키와 광주리 등 옛 생활용품들이 그 시절의 향수를 불러일으키게 하며 들어오라 손짓했다. 안쪽에 찻집이 보였다. 대문간에서 주춤거리지 않아도 되겠다. 안으로 들어갔다. 밖에서 보이는 것보다 한적하고 고요했다. 꽃들이 마치 저희가 주인인 양 저 좋아하는 자리에서 마음대로 피어있고, 굴뚝을 점령한 수세미가 의기양양 내려다보는 환경이 자연스럽고 편안했다. 복잡한 일상에서 한 발짝 물러선 것처럼 북적이는 도심 한가운데 이렇게 한적한 공간이 있다는 게 뜻밖이면서도 정말 반가웠다.

차 한 잔 받아들고 주변을 둘러보았다. 주렴처럼 처마에서 흔들리는

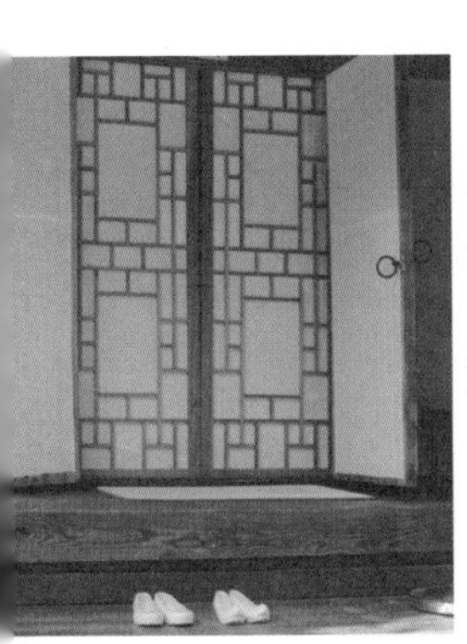

넝쿨 꽈리는 고택을 밝히는 작은 등불 같았다. 댓돌에 가지런히 놓여있는 하얀 남녀 고무신은 반가운 손님을 기다리고, 뒷마당 처마 밑에 매달려 연출인 듯 아닌 듯 말라가는 옥수수도 정겹다. 장독대와 흰 빨래가 햇볕과 속삭이는 듯한 정경은 어린 날 옛집으로 시간을 되돌려놓은 듯했다. 가난한 살림살이에 고달픈 밭일까지 하며, 그 바쁜 와중에도 흰 빨래는 더욱 눈이 부시도록 희게 갈무리하여 입혀주던 어머니, 하얀 이불 홑청이 햇볕에 말라갈 때 나던 뽀송뽀송한 볕 냄새가 얼마나 좋던지, 언제나 그 속에 들어가 놀았던 기억이 떠올라 가슴이 아릿해지는 이런 날이면 어김없이 철없던 날들이 우르르 한꺼번에 쏟아져나온다. 여름날 앞개울에서 물장구치고 놀던 내가 보이고, 고무신 씻어 양손에 하나씩 들고 젖은 맨발로 볕에 달아 뜨거워진 돌을 징검다리 삼아 골라 딛는 나도 보인다. 때로는 봉숭아 꽃잎 돌에 찧어 손톱에 물들이던 여름날, 어머니는 마루에서 하얀 빨래 접어놓고 다듬이질하고는 했다. 빨랫줄에 줄지어 앉아 나른하게 졸던 잠자리 떼 꿈에서 깬 듯 한순간에 날아올라 허공을 맴도는 모습까지 그리워지는 오후 녘이다.

아라리촌의 오후

어느새 나뭇잎은 우거지고 한낮의 그늘이 반가운 날, 늙으신 아버지 초가집 사랑방에 앉아 자리를 엮는다. 사위는 적막하고 찾아드는 인적은 없는데, 자리 추 넘기는 소리만 달그락거리는 아라리촌에서, 나는 나뭇잎 사이로 비껴든 햇살 깊은 오후의 풍경 속으로 빠져든다. 날이 저물면 처마에 등불 하나 내어 걸고 기쁜 손님 오시려나, 기다리는 옛 여인의 마음이 보이는 듯하여 이리저리 기웃거린다. 그러다가 닫힌 문을 열고 들어서면 늙으신 어머니 반갑게 품을 열어 반겨줄 것만 같다. 아리랑 학당에 간 아이들이 동네를 한 바퀴 뛰어놀다 달려오고, 소 몰고 밭일 나간

아버지 돌아오면 그제야 아라리촌의 하루가 저물겠지.

여기저기 기웃거리던 마음은 저 혼자 달려 나가 햇살이 되었다가 바람이 되었다가 나비가 되었다가… 어린 시절로 돌아가 온갖 상상을 한다. 밤이면 별이 쏟아질까, 이곳에서 별을 헤아려도 될까. 돌담 위에서 자라는 풀잎을 쓰다듬다가 연자방아를 돌려보기도 하고, 장독대 위에서 이리저리 뛰며 놀다가 농기구 공방 문살에 매달려 진지하게 안을 들여다보기도 한다. 그러다 심심해지면 푸른 숲에 잠겨 졸고 있는 물레방아 근처 울타리에 기대어 양반들의 게으름과 어리석은 위선에 대한 옛날얘기를 듣는다.

정선 고을에 학식이 높고 현명하며, 손님들을 초대하여 놀기를 좋아하는 한 양반이 있었다네. 그런데 그 양반은 너무 가난하여 관가에서 내주는 환자를 타 먹고 살았는데, 그 빚이 천 석이나 되었다지. 이 고을에 들른 관찰사가 관곡을 조사하다가 천 석이 빈 것을 알고 당장 그 양반을 투옥하라고 호령했네. 그러한 사실을 알게 된 양반은 어찌할 바를 몰라 울기만 하는데, 이때 평소에 양반의 신분을 동경해 오던 상민인 부자가 그 소문을 듣고, 양반을 찾아가서 양반의 신분을 팔라고 했다네. 궁지에 몰렸던 양반은 기꺼이 승낙하고, 부자는 관곡을 갚아 주었지.

자초지종을 들은 군수는 양반권 매매 계약서를 작성했네. 첫 번째 문서에 양반이 취해야 할 형식적인 행동거지를 하나하나 열거하자, 부자

는 억울한 듯 양반이 행동의 구속만 당하여서야 되겠느냐며 좋은 일도 있지 않으냐고 군수의 눈치를 살폈다네. 그러자 군수는 두 번째 문서를 작성했다지. 이번에는 양반의 횡포를 하나하나 열거하면서 관직에도 나갈 수 있고, 상인들을 착취할 수도 있다고 말이지. 이에 기겁을 한 부자는 그런 양반은 도둑이나 다를 바가 없다면서 도망쳤고 다시는 양반을 입에 올리지도 않았다네.

돌집, 귀틀집, 굴피집, 저릅집, 너와집, 기와집 사이를 아이처럼 돌아다니며 옛날얘기를 듣다가 연자방아를 돌아서 농기구 공방을 기웃거리는데 갑작스러운 인기척에 깜짝 놀란다. 시설을 둘러보던 관계자인 듯했다. 놀란 마음에 괜히 겸연쩍어 묻는다.

"여기 숙박 체험도 되나요?"

"전엔 됐는데, 들고 나는 시간대 관리가 안 돼 지금은 안 하고 있어요."

"아, 네…"

아쉬움과 미련을 내려놓고 아리랑 센터로 걸음을 옮긴다. 박물관은 아리랑 센터 2층에 있었다. 정선아리랑은 유네스코 문화유산으로 등재되기 전인 1971년 강원도 무형문화재 제1호로 지정되었다. 정선은 전국 어느 지역보다 먼저 아리랑 발굴과 전수에 관심을 가졌다. 정선아리랑센터에서는 새로운 아리랑 창극을 공연하고, 박물관에서는 관련 콘텐츠

를 상설전시하고 있다.

아리랑 박물관

아리랑 박물관은 상설전시실과 기획전시실 그리고 수장고 등을 고루 갖추고 있다. 이곳에서는 정선아리랑뿐만 아니라 아리랑의 역사, 지역별 아리랑, 세계 각지로 흩어진 민족의 아픈 역사와 함께 한 세계 속의 아리랑을, 그리고 아리랑이 우리 민족 안에서 어떻게 피어났는지 살펴볼 수 있다. 특히 '아리랑 로드 특별전'이 눈길을 사로잡았다.

집 떠난 이들의 아리랑을 찾아가는 길, 이름하여 '아리랑 로드'였다. 아리랑 로드는 1860년대 이후 나라가 살기 어려울 때, 생존을 위해 국경을 넘고 바다를 건너 우리 민족이 떠난 길을 의미한다. 이주민들의 보따리 한두 개와 더불어 귀담아 배운 아리랑이 낯선 토양에 뿌리를 내리고 열악한 환경 속에서도 아리랑은 꽃을 피운다. 아리랑로드는 그렇게 이산의 고통과 험난한 삶의 자취, 이민족의 설움 등을 디아스포라가 담긴 아리랑 가락을 통해 극복해가는 여정이었다.

모든 문화는 길을 통해 전파되었다. 우리 민족의 문화와 정서와 한이 담긴 아리랑은 아시아를 넘어 중앙아시아, 유럽과 태평양, 미주와 남미에까지 우리의 정서와 문화를 담고 광활하게 뻗어 나갔다. 바로 우리의 어머니 아버지, 할머니 할아버지에 의해서.

래일은 북간도로 길 떠나는 날	(내일은 북간도로 길 떠나는 날)
세간들 다 팔아도 려비 모자라	(세간을 다 팔아도 여비 모자라)
검둥이 마자팔어 돈 바덧지요	(검둥이마저 팔아 돈 받았지요)
아버지 예전부터 하시는 말삼	(아버지 예전부터 하시는 말씀)
'북간도는 조흔 곳 이밥 먹는 곳	('북간도는 좋은 곳 이밥 먹는 곳)
나무도 아니 하고 학교도 가지'	(나무도 아니 하고 학교도 가지')
이러케 조흔 곳을 차저가는데	(이렇게 좋은 곳을 찾아가는데)

어머니 아버지 보찜 싸면서	(어머니아버지가 봇짐 싸면서)
어째서 하로 종일 우러실까요	(어째서 하루 종일 울으실까요)

신기순 〈북간도〉 (동아일보 1930년 1월 2일)

이렇게 희망을 찾아 고국을 떠난 사람들은 다시는 돌아오지 못했다. 그래서 더욱 아리랑은 떠날 수밖에 없던 사람들에게 갈 수 없는 고향의 산천이고, 엄마 품이며, 온돌방의 할아버지고, 그리움이자 설움이고 기쁨이었다. 나오면서 뒤를 돌아본다. '아리랑은 집 떠난 이들의 옷깃에 묻어간 꽃씨와 같은 노래였다'라는 말이 긴 여운을 남기며 공명한다.

덕우리 마을에서

여름의 끝자락을 잡고 있는 한낮의 마을은 고요했다. 뙤약볕만이 고여 자글거리는 느낌이다. 하늘로 치솟은 뼝대가 병풍처럼 둘러서 있는 마을을 안고 강물이 휘돌아나가는 그곳에서 나는 산간 지역에도 섬이 있구나, 생각했다.

섬으로 들어가는 문은 좁았다. 나는 잠시 그 섬에서 길을 잃었던가. 징검다리 앞에서인지, 유명 배우 부부가 결혼식을 올렸다는 밀밭에서인지, 아니면 가뭇한 벼랑 꼭대기에 걸린 구름 때문인지. 내리쬐는 햇볕을

손가락 사이로 바라보다가 나는 그때 아마도 어느 폐왕의 어린 아들들의 죽음을 생각했던 것 같다. 아홉 살 어린 세자는 이곳에 유배를 당하여 사약을 받았다. 어린 세자는 날마다 피리를 불면서 아픔과 슬픔을 달랬다 했던가. 훗날 사람들은 그의 피리 소리를 기억했고, 그가 누워 피리를 불던 석벽을 취적대라 불렀다.

취적대 가는 길

어디를 가도 고요했다. 마치 일부러 모두 숨어버리기라도 한 듯 마을 사람은 한 사람도 보이지 않았다. 바쁜 걸음에 잠시 짬을 내어 둘러보는 듯한 인상을 풍기는 중년의 사내가 내 곁을 지나쳐 사라졌고, 여행자인 듯한 노부부가 다리가 아픈 듯 잠시 징검다리 앞 돌계단에 앉아 쉬는 모습을 보았을 뿐이다. 급할 것은 없었다. 방문객들조차 귀해 보이는 철 지난 계절이 한편으론 좋았다. 자유롭고 편안하게 옛 시간 속을 사색하며 걷는 기분이었다. 그러는 사이 여름이 지친 듯 졸고 있는 틈으로 가을이 모습을 드러내기 시작했다. 옥수수수염 위로, 코스모스 꽃잎에서, 산복숭아 나뭇가지에서 졸던 잠자리 심드렁하게 날아오르는 날개 끝에서.

취적대 가는 길은 마을의 뒤안길을 돌아 강을 건너야 했다. 길은 마을을 흐르듯 이리저리 돌아들고 났다. 어느 길로 걸어도 조금만 걷다 보면 비교적 드문 인가와 밭, 냇물과 바위 절벽이 어우러진 모습들이 길을 가로막는다. 호위무사처럼 둘러선 기암절벽들은 모두 저한테 어울리는 이름표를 달고 아래를 굽어보고 있다. 상투를 틀어 올린 듯한 석봉으로 마귀할멈이 신을 삼았다는 옥순봉, 아홉 폭 병풍을 세워놓은 듯한 기암이 병사들처럼 달려가는 구운병, 달이 시계처럼 산봉우리를 건넌다 하여 붙여진 제월대, 동면에서 흘러드는 어천 큰 물길과 여탄 물길, 덕산기 물길 등 세 물길이 합쳐지는 삼합수 강변에 돌출한 사모 모양의 기암절벽 낙모암, 그리고 옥순봉에서 동쪽 1km 하천변에 있는 석봉으로 슬픈 전설을 간직한 취적대가 그들이다.

예전 정선군수 오횡묵은 이곳의 풍광에 매료된다. '아름드리 큰 소나무 수백 그루가 강가에 울창하게 들어서 있고, 강 건너편에는 층층 쌓아 올려진 석벽이 마치 병풍을 둘러친 듯이 줄지어 섰으며, 그 아래는 맑은 못이 있어 깊이를 헤아릴 수 없다'며 그는 '옛날에는 달밤에 신선들이 거문고를 탔다고 하는데, 지금도 고요한 밤이면 소나무 바람이 황홀하게 거문고를 타는 듯한 음운을 낸다'며 시를 읊는다.

> 암대는 층층이 그림 병풍 펼쳤는데
> 무슨 일로 금선은 가고 오지 않는가
> 지금도 고요한 밤 공담의 달빛 아래
> 오직 소나무 바람 있어 여운 울려오네

오횡묵 군수가 시를 읊은 '맑은 못'은 백오담이다. 어린 세자가 사약

을 받고 죽자 흰 까마귀가 연못가에 날아와서 석 달 열흘을 울었다는 전설이 백오담이 됐다. 전설은 또 다른 전설을 낳는다. 어떤 마을 사람이 백오담을 명당이라 여겨 연못을 메우고 그 자리에 집을 짓고 살았다. 인간의 지나친 욕심에 하늘이 노했을까. 그의 집은 점점 가세가 기울어져 끝내 망하고 말았다. 이후로도 그 집에 사는 사람마다 우환이 잇따랐다. 결국 집을 부숴버리고 빈터만 남게 되었다. 세월이 흘렀다. 사람들의 삶도 세대에서 세대를 넘어갔다.

반선정

정선의 물길은 어디나 구불구불 굽이친다. 그리고 물길 옆에는 어김없이 하늘을 찌를 듯한 뼝대가 가파르게 서 있다. 그 아래 흐르는 물결은 옥빛으로 빛난다. 반선정으로 건너가는 징검다리가 정겹다. 황순원의 '소나기'에 나오는 징검다리가 저랬던가. 소녀가 길을 막고 돌다리 위에 앉아서 소년의 애를 태우던 장면.

오횡묵은 기록한다. '강가 석록 위에 반선정의 옛터가 있다.' 아마 반선정은 이미 그의 시대 이전에 헐리고 없었던 것 같다. 그럼에도 반선정은 오횡묵 군수가 이곳에 잠시 머물며 '신선과 벗하고 싶다'는 위의 시를 지을 만큼 아름다운 곳이었다. 반선정에도 얽힌 이야기가 있다.

일제강점기 때, 반선정 주변의 경치에 반한 일제의 앞잡이 노릇을 하던 정선 사람이 반선정을 없애고 그 자리에 조상의 묘를 이장했다. 일본 순사의 비호 아래 이뤄진 이장이라 마을 사람들은 한 마디도 항변하지 못하고 보고만 있어야 했다. 그런데 이상한 일은 그다음에 일어났다. 마을의 개들이 반선정이 있던 자리를 향해 아홉 달이나 울부짖었다. 급기야 마을에 있던 고래등 같은 기와집 아홉 채가 불에 타 무너지고 소실되면서 마을 전체가 쇠락하기 시작했다. 결국 묘를 다른 곳으로 옮기게 됐다.

2010년 주민들은 그 자리에 다시 정자각을 복원해 세웠다. 유명한 배우 커플은 그곳을 아름다운 자신들의 미래가 기다리는 문으로 정했다. 푸른 밀밭 사이로 난 길을 따라 걷던 그들의 결혼식은 빛나는 날이었고 축복이 쏟아지는 날이었다. 언제나 그렇게 과거는 과거의 시간으로 남고 현재는 미래를 향해 나가는 것인지도 모른다. 정자각에 올라서 강물을 바라보았다. 물바람이 일어나 나뭇잎을 타고 불어온다. 어느새 이마에 촉촉하게 배어 나오던 땀이 씻긴 듯 사라진다.

이야기는 세월의 길을 따라 흘러가지만, 거기서부터 내가 가야 하는 길을 나는 찾지 못했다. 이곳 깊은 골짜기엔 '덕산기'라는 데가 있다는데,

세상에 대한 반역 모두 내려놓아야 갈 수 있는 아름다운 곳. 그곳을 찾지 못한다면 다시 오던 길로 돌아서 나가는 수밖에 없을 터였다. 돌아보니 마을을 안고 휘돌아나가는 물길을 따라 이어지는 둑길, 늘어선 산복숭아 나무에 아직 푸른 열매들이 조롱조롱 햇살을 모으고 있었다. 잠자리가 내려앉아 가을을 수신하는 전선이 어쩌면 길을 안내해 줄지도 몰랐다.

물빛 고운 동강 마을 스케치

정선의 동강은 동쪽에 있다는 뜻이겠지만 떠오르는 첫 이미지는 겨울 강으로 읽힌다. 날이 추워질수록 푸르고 맑아지는 강, 차고 맑은 기운이 반짝이는 여울로 흘러내린다. 동강의 물길을 따라 이어지는 백 리길. 그 길에서 만나는 고요하고 아름다운 풍경들. 적막한 강변 마을에 낮게 깔리는 저녁연기…. 파랗게 시린 날 동강 길을 따라가다 보면, 깊은숨 닿는 곳까지 맑게 씻길 듯한 공기에선 박하 향기가 나고, 간혹 후드득 날아오른 물오리 떼가 푸른 적막의 공간 속을 날아간다.

동강의 시작은 정선이다. 동강은 두 개의 물길이 합쳐져 만들어진다. 그 옛날 아우라지에서 뗏목을 싣고 정선읍을 휘감아 흘러온 조양강과 함백산에서 발원하여 낙동리를 사행한 지장천이 가수리에서 끌어안으며 비로소 동강의 이름을 얻는다. 사연도 많고 한도 많았던 사람들의 삶이 이 강과 몸을 뒤채며 함께 울고 웃었다.

뗏목을 운반하는 계절은 겨울에 쌓였던 눈이 녹아내리는 봄철이나 비가 내려 강물이 불어나는 여름철이다. 이때의 동강은 그야말로 장관이었다. 험한 골짜기를 빠져나간다는 뜻으로 불리던 '골안떼' 운반은 힘든 노동이었고, 목숨을 담보해야 하는 위험이 곳곳에 매복해 있었다. 그 위험한 일을 극복하고 이겨내기 위해 사람들은 정선아라리를 불렀다. 떼가 뜨는 계절이면 강변마을 사람들은 마라톤을 응원하듯 강변으로 나와 함께 아라리를 불렀다. 남편을 뱃사공으로 떠나보낸 아낙의 심정과 길고 지루한 물길 위에서 앞 사공과 뒤 사공이 서로 의지하며 댓구로 부르는 아라리에 덧붙여 나루터 주막 아낙이 받아넘기던 아라리 가락이 당시의 삶의 애환으로 전해진다.

우리집의 서방님은 떼를 타고 가셨는데
황새여울 된꼬까리 무사히 다녀가셨나

황새여울 된꼬까리에 떼를 지어 놓았네
만지산 전산옥이야 술상 차려놓게

놀다 가세요 자다 가세요
그믐 초성달 뜨도록 놀다 가세요

아리랑 아리랑 아라리요
아리랑 고개고개로 날 넘겨주게

동강 길은 용탄리의 동강탐방안내소에서 시작한다. 여기서부터 길은 왼쪽 산기슭에 딱 붙어 이어지며 자연스럽게 손을 맞잡은 듯 강의 수면

과 가깝게 내려서 달린다. 이 길은 광하리에서 운치리까지 좌측엔 바위 절벽을 두르고 우측은 푸른 동강을 끼고 달리는 길이다. 우리나라에서 이처럼 아름다운 길이 또 있을까.

동강 변에서는 이름이 붙여지지 않은 경관들이 모여 이루는 풍경이 훨씬 아름답다. 비워진 공간의 고요한 풍경이 스미듯이 마음속에 들어와 선명하게 인화된다. 적막한 시간과 비워진 공간을 어떻게 설명할 길이 없다. 직접 그 길을 가보는 수밖에.

산내울

이 길에서 가장 먼저 만나는 마을이 귤암리다. 귤암리란 귤화마을과 의암마을에서 한 자씩 따서 지었다. 멋없는 이름이지만 이곳의 본래 이름은 '산내울'이었다. 서정 넘치는 이름만큼이나 강을 끼고 있는 마을의 경관이 정겹다. 딱히 어디라고 말할 것도 없이 수려한 경관이 그림처럼 펼쳐진다.

귤암리는 정선 땅에서 유일하게 감이 재배되는 마을이다. 예부터 감꽃이 만발해 '귤화'라고 했는데 결국 마을 이름이 됐다. 마을의 진산은 병방산이다. 지금은 스카이워크가 자리해 누구나 쉽게 올라갈 수 있지만, 예전엔 한 사람만 지키고 있어도 천군만마가 근접하기 어려운 천연의 요새이기 때문에 '군사가 방어해주는 산'이라는 병방산이 됐다. 마을 앞산도 깎아지른 듯 높은 바위산이다. 수리도 넘어 다니기 힘든 산, 사람의 정수리처럼 높다고 수리봉이란 이름이 붙었다. 마을엔 곳곳에 전설이 숨어있다. 전설은 옛 시절의 생활상을 엿보는 수단이 된다.

수리봉에는 '코클베리'란 수직 암벽이 있다. 언뜻 외래어 같지만, 암벽의 중간쯤에 움푹 들어간 모양이 옛 화전민 가옥의 벽난로 '코클'과 비슷하다고 해서 붙여진 이름이다. '코클'은 벽난로를 뜻하고 '베리'는 벼랑을 이르는 토속어다. 귤암교 건너 상귤화 마을에는 '옷바우'가 있다. 무명베 장수가 이 바위에 봇짐을 벗어 걸어 놨는데 봇짐이 바위에 붙어 떨어지

지 않자 무명베를 잘라 바위에 옷을 입혔더니 봇짐이 떨어졌다. 그 뒤로 장사가 잘돼 큰 부자가 됐다고 한다. 그 후 마을 주민들이 바위에 옷을 해 입혀 모두 부자가 됐다는데 그만 이 바위가 쓰러진 후로 마을이 쇠락해졌다는 옛날얘기다.

귤암리에서 동강을 따라 아래로 내려가면 가수리를 지나 운치리로 이어진다. 모두 동강 변의 아름다운 마을이다. 봄이나 여름, 가을날 이 길을 따라가 보면 바위 절벽에 핀 아름다운 들꽃들이 장관이다. 특히 봄을 알리는 전령처럼 이 길에서는 동강할미꽃을 볼 수 있다. 우리나라에서만 자라는 세계 유일종인 꽃, 동강할미꽃의 자생지가 바로 동강 변 귤

암리에서 운치리까지의 강변 바위산이다. 수억 년 전에 만들어진 석회암 바위틈에서 자라는 동강할미꽃은 3월에 보라색 꽃잎을 연다.

동강할미꽃

'동강할미꽃'이란 학명은 2000년에 공개됐다. 그러나 꽃을 최초 발견하고 공개한 이는 생태사진작가였다. 그는 우연히 귤암리 석회암 뼝대에 힘겹게 매달려 있는 작은 꽃들을 보고 이 꽃에 매료됐다. 절벽의 좁은 틈에 뿌리를 내리고 억세게 살아가는 모습이 우리네 삶의 모습과 많이 닮아 보였을까. 슬픈 추억이라는 꽃말 속에는 동강할미꽃의 아픈 추억이 고스란히 새겨졌다. 세상에 알려지던 무렵은 공교롭게도 꽃들이 세상에서 사라질 위기에 처해 있었다. 1997년 10월 당시 건설교통부에서 '홍수'를 핑계로 동강을 댐 건설 예정지로 공식 발표하면서부터였다.

환경운동 단체를 비롯한 전문가들의 동강댐 반대 운동이 이곳에서 가장 심하게 일어났다. 이후 1999년 건교부에서 댐 건설을 강행한다는 발표가 있었고, 동강댐을 저지하는 운동으로 전국이 들썩거렸다. 결국 2000년 6월 세계환경의 날 기념식에서 대통령은 동강댐 백지화를 발표한다. 하지만 그것도 잠시뿐, 이후에도 '대운하 건설 계획'을 포함하여 '거운홍수조절지' 등을 언급하면서 동강에 대한 인위적 개발 논의가 끊

이지 않아 동강과 주변에 자생하는 귀한 생명들 그리고 주민들은 한동안 깊은 시름을 앓았다.

동강댐 건설 계획을 백지화시킨 공로자 중에는 동강할미꽃도 포함된다는 사실을 알고 있는 사람은 얼마나 될까. 절벽에 뿌리를 내리고 꼿꼿하게 피어난 꽃들의 자태가 고고하기 이를 데 없다. 피어있는 위치에 따라 그리고 빛의 방향에 따라 꽃의 색깔도 묘한 차이를 드러낸다. 신비의 색 보라! 부디 인간의 이기에 쉽게 굴복하지 말기를!

물이 아름다운 마을

가수리에 가면 큰 느티나무를 먼저 만난다. 가수 분교 정문 옆에 서 있는 그늘이 매우 큰 나무다. 수백 년 동안 꿋꿋하게 서서 마을을 지키는 이 나무는 학교에서 뛰어놀며 자라는 아이들과 함께 숨을 쉬었고, 오가는 사람들에게 그늘을 만들어주고 쉴 자리를 내어준다. 길손은 누구나 한 번쯤 나무 아래 들러 쉬면서 마을 앞으로 흐르는 강물에 마음을 담을 것이다. 늙은 나무에겐 아픈 기억이 있다. 자라서 떠나버린 아이들이야 언젠가는 다시 또 만날 수 있겠지만, 헐려서 사라진 학교에 대한 그리움은 언제나 아픔이었다.

가수 분교 초등학교는 그 자체가 아름다움이었다. 추억이 많은 학교

였다. 방송 드라마나 영화 촬영지로 주목을 받던 곳이기도 했다. 단층 교사는 한 동이었고, 순전히 나무로만 지은 건물이었다. 붉은 지붕에 격자무늬 창틀을 파랗게 색칠한 아름다운 학교는 동강과도 그림처럼 잘 어울렸다. 그런데 십여 년 전 새 학교 건물이 들어서면서 헐렸다. 그렇게 쉽게 사라지게 해야 했을까. 학교 건물의 부재는 단순히 건물 하나가 사라지는 데 그치지 않는다. 그 시절의 문화와 삶이 고스란히 사라지는 것이다. 추억을 간직한 마음에 아픔으로 새겨지는 것이다. 학교를 지키던 느티나무는 오랜 친구를 잃었다. 학교에 추억을 묻은 어른들도 안타까워했다. 반드시 학교를 헐어야 했을까. 의문이 들어도 이미 사라진 것들은 아무리 아파해도 다시는 돌아오지 않는다. '그렇겠지, 천 년이 넘게 산 나도 사라지는 것들에 대해선 면역이 안 돼. 생각하면 이렇게 아픈데 누군들 안 아플까.' 학교 옆 붉은 뼝대 위에서 귀족 소나무가 내려다보았다. 오송정이었다. 원래는 다섯 그루였는데 나라에 큰 환란이 닥칠 때마다 한 그루씩 죽어 지금은 두 그루만 남았다.

물이 아름다운 마을 가수리. 여울이 아름다운 가탄과 물이 아름다운 수미가 만났다. 가을이 저무는 날 동강을 따라가던 길이었다. 저녁이 이른 마을에 연기가 피어오르고 노을이 하늘보다 강물에 먼저 깃들었다. 시인은 '아름다운 물의 마을 가수리에 가면 동강의 물이 되어 흐르고 싶어진다'고 노래한다. '흐르다 지친 몸이 때로 뼝대 끝에 닿는다면 그대로 멈춰 서서 잠들고 싶어진다'고. 그 마음 알 것 같다. 가수 분교 느티나무에도 은행나무에도 저녁노을이 온기로 깃들어 밤을 준비하는 아름다운 마을 가수리에서 이대로 하룻밤 묵어가도 좋겠다.

나리소의 전설

가수리부터는 중앙선이 없는 시멘트 포장길이다. 달릴 수도 없거니와 끝없이 이어지는 비경에 속도는 저절로 느려진다. 길은 산처럼 묵묵하게 강물처럼 여유롭게 점재마을까지 이어진다. 점재마을도 동강할미꽃 자생지다. 척박한 회색 절벽에서 피어나는 꽃. 이곳에서 살아온 우리네 삶과 너무나 닮았다.

정선에선 '절벽'이나 '벼랑'을 '뻥대'라고 한다. 이를 사투리라 여겨 뻥대를 절벽이나 벼랑으로 옮기고 보면 왠지 정선에서 느끼는 맛이 살아나지 않는다. 현지에서 쓰는 말에는 그 말이 지닌 정서가 따로 있기 때문이다. '뻥대'라는 말에는 정선 사람들의 시선이 깔려 있다. 정선의 산은 켜켜이 포개져 있고, 산줄기는 경사를 이루기보다 직각으로 꺾여 낭떠러지를 이룬다. 산은 높고 목을 한껏 꺾어도 시선이 그 끝에 닿기 힘든 곳이 많다. 그래서 산 아래에 사는 사람들에게 산은 산이 아니라 눈앞을 가로막고 있는 벽이나 다름없다. 그러니까 뻥대에는 절벽 위에서 내려다보는 시선이 아니라 아래에서 절벽을 바라보며 살아야 하는 인생의 막막한 심정이 얹혀 있다. 그래서 더욱 그런 삶이 애틋해진다. 내 아버지와 어머니가 겪어온 삶에도 그런 세월이 있었고, 그 길을 따라 지나온

내 삶을 돌아보는 것도 정선 여행에서만 누릴 수 있는 값진 일이기 때문이다.

점재마을을 지나면 물길은 대여섯 차례 크게 휘어 돌며 사행천의 진짜 모습을 보여준다. 마치 뱀이 살아서 기어가는 것처럼 구불구불한 형태로 흐르는 강. 사행천이 휘어지는 바깥쪽은 유속이 빨라 침식이 강하게 일어나고, 휘어지는 안쪽은 유속이 느려 퇴적물이 쌓인다. 그렇게 거의 360도를 돌아가는 첫 번째 굽이에 깊은 소가 만들어졌다. 나리소다. 동강 물길이 뼝대에 막혀 휘돌면서 만들어 놓은 나리소는 강변의 기암절벽과 백운산 자락의 소나무 숲과 어우러져 절경을 이룬다. 그 기암절벽 아래 깊은 물길 속에 동굴이 있다는 전설이 있다.

오래전 나리소 물밑 동굴에 물뱀이 살았다. 용이 되고 싶은 물뱀은 어느 꽃 피는 봄날 점재로 용을 찾아갔다. 용은 반짝이는 물뱀에 첫눈에 반했다. 그들은 석벽에 할미꽃이 필 무렵에만 만날 수 있었다. 용은 물뱀을 진심으로 사랑했다. 물뱀이 용이 되어 함께 하늘에 오를 수 있기를 기다렸다. 그러나 물뱀은 깊은 사랑으로 물빛처럼 투명하고 선해지지 않으면 용이 되지 못한다는 사실을 알지 못했다. 그저 용이 되고 싶은 욕망만 점점 커졌다. 반짝이고 순수했던 첫 모습을 잃은 채 새봄이 올 때마다 용에게 달려가 조바심을 드러냈다. 그런 물뱀의 모습에 끝내 절망한 용은 그 자리에서 굳어져 바위가 됐다. 그제야 물에 비친 제 모습을 보게 된 물뱀은 바위를 끌어안고 통곡하다가 나리소 깊은 물 속으로 떨어졌다.

백운산 능선이 녹은 초처럼 흘러내린 끝자락을 동강이 휘감고 돈다. 이 아름다운 지형의 양옆으로 동강의 물길이 나리소와 바리소를 만들었다. 이곳은 예로부터 동네 사람들만 알음알음 찾아다니던 명소였는데, 지금은 전망대가 놓여 누구나 쉽게 가볼 수 있게 됐다. 여기부터 동강은 지금껏 잡고 왔던 손을 놓고 겹겹이 늘어선 산굽이를 돌아 황새여울이 되어 어라연으로 흘러나간다.

산성에 부는 바람

연일 폭우가 쏟아졌다. 마치 세상을 불판처럼 달구던 폭염을 한꺼번에 꺾으려고 작정한 것 같았다. 여기저기 순식간에 물바다가 되었고 침수로 피해가 잇따랐다. 그제야 40일을 넘어가던 열대야의 기세가 주춤해졌다. 비가 잠시 멈춘 사이 나는 서둘러 도시를 빠져나왔다. 아직은 한낮의 열기가 머뭇거리는 계절이지만 마음은 벌써 가을 속을 달렸다. 먼 산마루에 걸린 뭉게구름을 이정표 삼아 차를 몰았다. 바람이 불었다. 마음이 먼저 마중하는 가을바람이었다.

산성에 올라서는 순간, 한낮에 쏟아지는 매미 소리는 세리머니 같았고, 묵은 밭 자락에 지천인 달맞이꽃과 칡꽃이 다투어 뿜어내는 향기는 환호하는 비명 같아 숨이 막혔다. 어디선들 이런 환영을 또 받을 수 있을까. 마치 나만의 오롯한 시간여행을 기다렸다는 듯 마중하는 축포 같았다. 그렇게 숲은 과거로 가는 문을 만들고, 그 안으로 들어서자 산성의 숨결인 듯 바람이 불고, 이끼 짙은 고목은 저만의 방식으로 세월의 기록을 온몸에 새기고 있었다. 빠르게 흐르던 시간은 어느새 멈추고 남은 건 바람과 향기와 풍경뿐이다.

정선의 옛 성터인 고성산성이다. 한강유역 일대는 삼국시대의 패권을 다투는 요지였다. 산성은 고구려와 신라가 영토쟁탈로 대치할 때 이곳까지 밀고 내려와 한강유역을 차지했던 고구려가 신라의 세력을 견제하기 위해 쌓은 것이다. 그러나 그뿐, 언제 누가 쌓은 것인지 더 이상의 이야기는 없었다. 그러다 고성산성을 다섯 번에 걸쳐 발굴조사를 했는데, 수습된 유물 대다수가 신라에서 고려시대 것으로 밝혀졌다. 현존하는 지금의 성벽도 신라의 축성술에 가깝다고 했다. 그러니까 고성산성은 삼국시대 이전에 이미 산성의 역할을 담당했을 거라는 얘기였다. 어느 쪽이든 그리 높지 않은 산이지만 급하게 돌아가는 동강의 물길을 끼고 있는 요지이니 성을 쌓기로는 더없는 적지였을 것은 분명해 보였다.

산성은 성벽이 이어져 있는 것이 아니라 제1 산성에서 제4 산성까지 띄엄띄엄 둥글게 놓여 있었다. 번호가 매겨진 성의 성곽의 길이는 100m 안쪽으로 그리 길지 않았다. 그중 제2 산성에서 오래 머물렀다. 원형이

가장 잘 보전돼 있다고도 했고, 언뜻 보기에도 다른 성들에 비해 세월의 연륜이 켜켜이 쌓인 것 같았다. 경이로웠다. 단정하게 정비된 산성 위에 올라서니 건너편에 우뚝 선 백운산의 아래 자락을 급하게 휘감고 내리는 동강의 전경이 한눈에 보였다. 발아래의 물길 건너 제장마을도 손에 잡힐 듯 가까워졌다.

산성의 입구는 '아리랑교직원수련원'으로 변한 옛 고성분교 바로 옆에 조성한 작은 공원을 끼고 있었다. 비탈길이지만 시멘트로 포장한 길이었다. 이곳을 고방마을이라고 했다. 고방, 아름다운 숲이라는 이름이다. 비가 금세 또 지나갔는지 숲은 젖어있다. 그리 높지 않은 산인데도 오랜 세월 동안 고산이 품었음직한 짙은 향기를 뿜어냈다. 그럴수록 서둘 일이 아니었다. 걸음의 속도를 늦추었다. 포장길 끝은 돌계단이었다. 푸른 이끼가 두텁게 핀 돌계단을 오르는데 늦여름 매미 울음소리가 소나기처럼 쏟아진다. 가만히 소리를 따라간다. 길은 다시 숲길이고 흙길이다. 마음이 편안해진다. 마침내 산정에 닿는다. 숲의 문을 열고 나가듯 환한 빛 속으로 걸음을 내디뎠다. 한 줄기 바람이 훅 불어왔다. 그 바람에 실려 온 야생의 향기. 타임슬립이라도 한 듯 현기증이 인다.

이 순간을 만나려고 신동읍 예미리에서 유문동을 거쳐 구불구불 이어지는 구러기재를 넘었다. 고갯마루에 올라서니 오래전에 잃어버린 고향의 낡은 사진 속 같은 풍경이 드러났다. 아, 절로 튀어나온 감탄을 거두기도 전에 곧바로 좁고 가파른 내리막길이다. 마치 옛 사진 속으로 풍덩 빠져드는 느낌이다. 산길이 위태롭게 느껴진다면 비밀의 문도 있다. 예미리에서 고성리로 통하는 600m의 터널이 고개 아래 숨어있다. 마을 사람들만 아는 길이었을까. 내비게이션은 끈질기게 고갯길로만 안내한다. 터널은 1990년 덕천리에서 신동읍민들이 식수를 끌어들이는 송수관을 묻을 때 만들었다. 긴 터널 속엔 불빛이라곤 전혀 없었다. 멋모르고 먼발치서 앞서가던 자동차의 뒷모습만 보고 따라 들어갔다가 폐쇄감에 조마조마했다. 그래도 상관없이 아슬아슬한 스릴을 맛보고 싶다면 지름길인 그 터널을 관통해도 좋겠다.

사람들이 다투는 높낮이와는 상관없이 백운산은 고성산과는 먼 옛날부터 함께 세월을 겪은 동무였을 게 틀림없겠다. 거세게 내달리는 물줄기는 가로막아 돌려주고, 먹구름이 백운산에 걸리면 흰 구름이 될 테니까. 쳐다보니 백운산에서 밀려난 검은 구름이 산성 위로 내려와 흩어지

고 있었다. 어쩌면 고성산이 산성의 요지가 된 것도 백운산이 있기에 가능했을 것 같았다. 여기라면 천년의 별을 볼 수도 있겠구나, 생각했다. 별을 볼 수 있다면 신화도 캐낼 수 있겠구나.

산성 아래는 신석기시대와 청동기시대 고인돌과 집터들의 흔적이 남아있어 아주 오래전부터 동강 주변에 사람들이 거주했다고 산성의 이끼가 귀띔해 준다. 그리고 아무것도 건들지 말라는 듯, 예로부터 이곳에 짚단만 한 구렁이가 가끔 나타나는데 천년은 묵었다고 했다. 주민들은 구렁이가 산성을 지키는 수호신으로 믿었다. 그렇겠지, 왜 아니겠나. 하마터면 수몰될 뻔했던 산성이 지금도 옛 모습을 간직한 채 세월을 기록하

고 있으니. 멀리서 바라보이는 동강 물길이 주변의 산들을 휘돌아 구불구불 기어가는 구렁이 같다. 산성에서 산성 사이로 바람이 언뜻언뜻 불어왔다. 마치 멈춰진 시간의 이편과 저편을 넘나들며 소식을 전하기라도 하는 것처럼. 하지만 그 소식은 다음에 들어야 할 것 같다. 이 순간과 똑같은 다음이라는 게 있다면. 그림자가 길어졌다. 내 시간으로 돌아가야 할 때다.